寺田寅彥
萩原朔太郎
古川綠波
木下杢太郎
吉井勇等
著
張嘉芬
譯

和日本文豪一起喝咖啡

癮咖啡、閒喫茶、嘗菓子，還有聊些往事……

目次

輯二　溫度焙人情

寫在前面

從巴黎、銀座到住宅區小巷

◎新井一二三（日本作家、明治大學教授）

如今的日本人是相當愛喝咖啡的民族。據統計，每年一個人平均消費約四公斤的咖啡。這數目雖然比不上地球上最愛喝咖啡的挪威（九公斤）和瑞士（七點七公斤），但是比歐盟各國、美國差不了多少，而且比哥倫比亞、衣索比亞等咖啡豆生產國家還多幾成。現在，全日本有六萬多家咖啡館，那就是平均一千八百個日本人當中就有一家咖啡館。想起一百多年以前，東京銀座才開始出現了咖啡館，過去一個世紀內，日本人和咖啡的關係變得密切或家常很多了。

日本歷史上的第一家咖啡館是一九一一年三月在現在的銀座八丁目開張的Café Printemps（春天咖啡館）。老闆是畫家松山省三。據傳說，他本想去巴黎留學，可是家境不允許，於是在東京美術學校（現東京藝術大學）的恩師黑田清輝以及好友小山內薰的建議下，決定開巴黎風格的咖啡館了。黑田清輝是日本的美術教科書一定介紹的著名油畫家，小山內薰又是日本最早的話劇團自由劇場的負責人。可見，在日本，咖啡館從一開始就充滿著西方文化的香氣，或說對西方文化的憧憬和夢想。早期的春天咖啡館為了確保定期收入而採用了會員制。結果，能在文學史書上看到的大文豪，例如森鷗外、永井荷風、谷崎潤一郎、北原白秋，以及畫家岸田劉生和歌舞伎演員市川左團次等等都掛名成會員了。

森鷗外是一八八〇年代到柏林念衛生學的，永井荷風則在一九〇〇年代的里昂、巴黎待過一陣子。他們都特別想念歐洲的咖啡館。煎熬他們的不僅是咖啡的味道或所包含的化學成分，而且是咖啡館的環境，包括位置、建築、室內裝飾、桌椅、餐具、暖氣、伙計、其他客人等等，換句話說一回日本就只好夢想著歐洲。在日本開歐式咖啡館，地點首選非東京最充滿歐美氛圍的銀座莫屬。因為銀座是日本明治維新以後，花幾年建設的第一條西式磚頭街，服部鐘錶店、資生堂西藥房、木村麵包店、伊東屋鋼筆店等經售西式商品，為外國客人服務的名店鱗次櫛比。

本書收錄的文章作家中，隨筆家兼物理學家的寺田寅彥（一八七八—一九三五）就屬於春天咖啡館一代人。他在九州熊本讀中學的時候，受英文教師夏目漱石的薰陶，對文學產生興趣；擔任東京帝大理科大學副教授的一九〇九年，去柏林留學，經過瑞典、法國、英國、美國回到日本，就碰上了春天咖啡館的開張。寺田兼有科學家和文學家的腦袋，寫出來的文章就有與眾不同的風格，例如在〈咖啡哲學序說〉裡，他寫道：「看在所謂的禁欲主義者眼中，酒或咖啡之類的東西或許真的是百害而無一利的無用之物。然而，舉凡藝術、哲學和宗教在人類精神及肉體上所帶來的效果，其實和酒水咖啡等極為相似。」

春天咖啡館開張的同一年十二月，銀座又開張了另一家咖啡館叫 Café Paulista（聖保羅咖啡館）。這一家是從日本去巴西的第一代移民水野龍，為了向日本人宣傳咖啡而開設的，價錢比春天咖啡館便宜，因而吸引了沒錢但愛文化，並且追求刺激的文青們。

聖保羅咖啡館的廣告說：黑如鬼，甜如戀，熱如地獄的咖啡。當時對面有時事新報社，把稿件帶來的新興作家們順便來咖啡館坐一坐，喝五分錢一杯的咖啡，吃五分錢一個的甜甜圈。其中有芥川龍之介，也有本書收錄散文〈在咖啡館裡〉的名詩人萩原朔太郎（一八八六—一九四二）。

以摩登為社會基調的日本大正時代，萩原朔太郎廣泛被認為是口語自由詩的第一把手，代表性詩集有《向月亮吼叫》和《青貓》。他在文中寫道：「我從剛才就一直在觀察，這家店裡有很多人都只是喝杯紅茶，就愣愣地坐上半個小時。這些人究竟在想什麼？對於崇尚『時間就是金錢』，捨不得虛度一分一秒空檔，整天忙著在市區東奔西跑的大阪人而言，看到東京這種咖啡館的光景，會覺得這裡是個閒人聚集之處，甚至應該要覺得很不可思議才對。」

本書收錄的作品講到的咖啡館，很多都在銀座或者在巴黎，並不無原因。大家都嚮往巴黎，希望東京至少能有一條銀座大街成為日本的巴黎。萩原朔太郎就有一首詩叫〈旅上〉：「雖想去法蘭西，法蘭西太遠了，於是穿上新西服，無拘無束地旅遊去，火車開在山中時，靠著天藍玻璃窗，自己想想開心事，五月清晨拂曉，任由萌生的嫩草。」

兼職醫生的詩人木下杢太郎（一八八五－一九四五）也強烈嚮往西洋。一九〇八年，他跟北原白秋（一八八五－一九四二）等詩人、畫家，一起組成了牧神（潘恩）會，希望日本的年輕藝術家們也能夠擁有像巴黎的咖啡廳一樣大家會自由討論藝術話題的空間。那是春天咖啡館還沒開張以前的日子。眾人聽說過巴黎中間流著一條塞納河，於是選擇東京首屈一指的大河隅田川附近為聚會地點。其實，正如他在本書中的〈潘恩會的回憶〉裡透露，明治四十多年的日本文青們也嚮往通過浮世繪認識的江戶時代，而隅田川就是在浮世繪裡常出現的河流。總之，他們在隅田川兩邊的幾家西餐廳定期聚會談笑風生；有吃西餐喝香檳，但是文中不曾出現關於咖啡的記述。木下杢太郎當年還沒去過西方，所以他在腦海裡想像出來的西方並不基於現實的歐洲，而是取材於十六世紀來日本傳教的耶穌會士們傳來的「南蠻」文化。他當時的一篇作品就叫〈南蠻寺前〉。經過兩年，牧神會活動逐漸停止，會員們似乎開始常去銀座新開的春天咖啡館。

〈甜話休題〉的作者古川綠波（一九〇三—六一）是日本一九三〇年代非常有名的喜劇演員，祖父是原東京大學校長，父親則為男爵。他本人從小文采突出，就讀早稻田大學時期，出版雜誌也做電影演員。後來組織劇團，在淺草演出頗受歡迎。他在文中回顧的小時候，應該是一九一〇年左右。當時東京已經有餅乾、蛋糕、軟糖、口香糖、窩夫（鬆餅），甚至有從法國進口的馬卡龍，樣樣都好吃如作夢。文章也提到銀座一家咖啡館叫Colombin，是能夠坐在玻璃窗邊看著街景和行人邊吃甜品、喝咖啡的，正如在巴黎。有趣的是中學時代的古川都去過聖保羅咖啡館，喝一杯五分錢的濃郁巴西咖啡，也吃薄荷果凍，聽自動鋼琴的演奏。

做和歌、寫劇本出名的吉井勇（一八八六—一九六〇）是牧神會的創立會員。他的〈青春回顧〉寫到的就是銀座春天咖啡館。不過，他印象深刻的倒是在那兒跟朋友熟人碰上後，一起去喝酒到酩酊大醉的青春傻事。

大阪出身的詩人、翻譯家三好達治（一九〇〇—六四）是二十多歲到東京上大學的。他文中的二〇年代銀座已經有很多咖啡廳，也有路邊攤子。戰後回顧從前的〈銀座街頭〉似乎從頭到尾嘆著口氣，也難怪，戰敗國最繁華的一條街先被戰勝國破壞，後被自己國家的年輕官僚糟蹋。

織田作之助（一九一三—四七）是最有大阪特色的作家，尤其是一九三九年發表的〈夫婦善哉〉是描述庶民男女愛情的佳作。在本書收錄的〈大阪發現〉，作者細膩描寫大阪街頭的美味以及其他種種都滿有味道，只是正如萩原朔太郎早看破，商都大阪跟優閒的咖啡館從不沾邊。

九鬼周造（一八八八－一九四一）是東京出身的哲學家。從東京大學畢業以後，到歐洲留學八年，回國後任職於京都大學，以三〇年問世的《「粹」的結構》受注目。本書收錄的〈偶然創造出來的雙關語〉講的雖然是處處可見的情形，即不同世代的人對同一事物的不同稱呼，因為作者曾旅居外國八年之久，恐怕回來發現的故鄉跟原先記憶中的處處不一樣了，因而感到一陣目眩，還提出根據哲學的解釋。可說到底是哲學家吧。

〈寫於咖啡館〉的作者高村光太郎（一八八三－一九五六）是著名雕塑家高村光雲的兒子，在東京美術學校讀完了雕塑以後，又學西洋繪畫，後來去紐約、倫敦、巴黎遊學，回來參加了牧神會。之後，既做雕塑又寫詩，尤其寫了妻子發瘋過程的《智惠子抄》很有名。〈寫於咖啡館〉的故事雖然從咖啡館開始，他卻是喝酒泡法國女孩的。但是隔天早上，他在鏡子裡發現自己一張黃臉就給嚇跑。原來現實中的巴黎咖啡館，並不是日本文青們想像的樣子。

相比之下，還是女作家厲害，如果不厲害，在那重男輕女時代的日本，根本成不了個女作家。岡本加乃子（一八八九—一九三九）是一九二九年跟丈夫（漫畫家岡本一平）、兒子（後年的藝術家岡本太郎）以及年輕情人一起去巴黎的。後來，把太郎一個人留在巴黎，加乃子和兩個男人一起旅行倫敦、柏林，最後經過美國，一九三二年回到日本。訪歐之前，她出過兩本和歌集，而沒發表過小說，可是早決定到了巴黎就要學歐洲文化也開始寫小說。果然，在生命最後的幾年裡，她發表的小說獲得了川端康成的高度評價。我們從〈巴黎的咖啡館〉一篇讀出來的就是超脫於一切的女作家記錄著周圍現實中發生的種種故事。跟自我意識一會兒膨脹一會兒破裂的高村光太郎相比，加乃子個性之強硬顯得尤其厲害。

散文作家們，似乎下意識地迴避：作為都會文化象徵的咖啡館同時也是陌生人坐在一起分享孤獨或者暫時忘記孤獨的地方。蘭郁二郎（一九一三—四四）的短篇小說〈孤獨〉卻攤開這最根本的問題。作者從中學時代起寫科幻小說出名，二十二歲就跟幾個同好創刊了《偵探小說》雜誌。後來發表多篇科幻恐怖小說，可惜在太平洋戰爭中，作為報導員往南洋的路上因飛機事故而喪命。

坂口安吾（一九〇六—五五）是日本二戰後所謂無賴派作家之一，出身於新潟縣的大家庭，父親是國會議員，背景跟太宰治有所相似。一九四六年發表的評論《墮落論》以及小說《白癡》受廣大讀者歡迎，成為了暢銷作家。然而，由於工作量激增，他患上了安非他命中毒和憂鬱症，四十九歲因腦溢血去世。本書收錄的〈人生指南〉是一九五一年的作品。主人翁迷上給報紙人生指南欄目寫虛假的家庭問題而投稿，結果走火入魔，失去了生意和家庭。這類「差而不壞」的男性登場人物，在後現代的小說裡看不著了，恐怕金錢變成了衡量一切的標準所致。主人翁虎二郎當初為鄉下「喫茶店」批發拉麵。今天日本小地方有「喫茶店」賣義大利麵或者炒飯，但是賣拉麵的大概都早就變成拉麵專賣店了。至於當時的「喫茶店」有沒有咖啡，也許有即溶的吧。

織田作之助的〈神經〉是戰後不久的一九四六年回顧戰前日子的小說。仿佛作者的主人翁曾常去千日前劇場對面叫花屋的「喫茶店」喝咖啡。在對面劇場演出的舞女們下班以後來那裡吃蛋包飯、炸豬排。那就是四〇年代初日本大城市市民生活的寫照。

竹下夢二（一八八四—一九三四）是以美人畫聞名的畫家，如今日本也很少有人知道他都寫過文章。這篇〈誰人，何時，在何處，做了何事？〉是一九二六年收錄於童話書《春》的。故事講到一九二三年關東大地震以後的某一天，兩個東京中學生曠課，打算從御茶之水，經過神田，要走到銀座去。那是他們畢生最大的冒險。可是，走到隅田川邊，看到掛著紅色窗簾的「喫茶店」，想進去喝蘇打水或者可可，兩人口袋裡卻只有喝茶的錢，最後還是不敢進去。可見，當年東京的「喫茶店」供應很多種西洋飲料。

最後一篇是小川未明（一八八二—一九六一）寫的短篇小說〈白色大門的屋子〉。小川是別名叫做「日本安徒生」的童話作家，還在早稻田大學讀書的時候開始就寫小說，並成立了「早大童話會」。〈白色大門的屋子〉刊在童話雜誌《赤鳥》的一九二五年五月號，有點像蘭郁二郎的〈孤獨〉，在這則故事裡，主人翁也去咖啡館遇到奇妙的人。小說中的咖啡館有如一部戲或者一個人的生涯，在這裡，主人翁見到好幾位多年沒見面、幾乎忘記的故人。給讀者留下的印象很特別：原來，咖啡館會是這麼特別的地方。

輯一 解憂咖啡吧

咖啡哲學序說

寺田寅彦｜てらだ とらひこ

有生以來首次品嘗到的咖啡香醇，已完全虜獲了我這個鄉下長大的少年。在對所有異國事物都嚮往不已的孩子心裡，這股既南洋又西洋的香氣，感覺就像是從未知的極樂桃源，遠渡重洋吹來的一縷薰風。

我在八、九歲時，奉醫師之命，被迫開始飲用牛奶這種飲品。當時，牛奶還稱不上是平民大眾的一般嗜好品，也並不是經常飲用的營養補充品，主要比較像是供體弱多病者飲用的一種藥品。當年有很多老派人士覺得牛奶和那些所謂的濃湯，簡直是奇臭無比，難以入口。只要一喝下肚，就會上吐下瀉。其實那個年代也有不少摩登洋派的人。例如我當年所就讀的番町小學，同學裡就有個小少爺經常帶麵包和奶油來當午餐。我連那個東西叫奶油都不知道，只是從鄰座瞪大了窮酸的好奇雙眼，目不轉睛地看著他用一根宛如象牙耳扒的棒子，把裝在切子[1]小玻璃罐裡那些看似詭異黃蠟的東西舀出來，塗抹在麵包上。相對的，也有些出身世居江戶家庭的孩子，津津有味地吃著蝗蟲佃煮[2]。這種東西，在我的老家根本就不認為它是人吃的食物。因此，我也會以出自另一種涵意的驚訝眼神，瞠目結舌地盯著他們看。

我人生當中第一次喝到的牛奶，果然味道還是像難以下嚥的「藥」。

譯註｜1｜在玻璃器皿上雕刻花樣的一種日本工藝技法，以江戶切子最負盛名。

譯註｜2｜以醬油和糖煮成的佐飯小菜。

為了讓它稍微容易入喉一些，醫師總不忘在藥方當中搭配些許咖啡。漂白的棉布小袋子裡，裝著一撮微量的粉狀咖啡，要把它浸泡到熱牛奶裡，萃取出其中的精華，就像中藥的感冒藥一樣。總之，有生以來首次品嘗到的咖啡香醇，已完全虜獲了我這個鄉下長大的少年。在對所有異國事物都嚮往不已的孩子心裡，這股既南洋又西洋的香氣，感覺就像是從未知的極樂桃源，遠渡重洋吹來的一縷薰風。不久後，我搬回鄉下老家，但每天還是都少不了要喝下一合[3]的牛奶，但在東京時品嘗到的咖啡香醇，卻只能回味了。當時一般人很喜歡使用一種叫做咖啡糖的產品，也就是在方糖裡裹入一小撮咖啡粉。這種東西在入口時，它的咖啡往往早已變質成一種散發著藥臭和霉味的異樣物質。

到了高中時期，我已會在平時喝牛奶，但並不會加咖啡這種奢侈品。此外，家裡有個糖罐，裝的是用來加進牛奶裡的砂糖。我三不五時就用牙刷柄等工具，從糖罐裡舀出砂糖來直接當甜點吃。每逢大考前等重要時

譯註｜3｜「合」是日本的度量衡單位，一合等於一八〇毫升。

刻，罐子裡的砂糖就會消耗得特別快。之後隨著時光的飛逝、更迭，直到三十二歲那年春天啟程赴德國留學之前，和咖啡之間的往來印象，就只有這件事還留在我的記憶裡。

我在柏林寓居的地點，是位在諾倫多夫（Nollendorf）十字路口附近的蓋斯伯格（Geisbergstraße）街，年邁的屋主是陸軍將官遺孀。這位老奶奶的態度倨傲，但總會準備很不錯的咖啡給我喝。每天早上，我都會穿著睡衣，從住處二樓眺望聳立在窗前的瓦斯公司圓塔，一邊喝著女侍赫米娜送來的熱咖啡，一邊啃著我的早餐。基本上，柏林的咖啡和麵包算是名不虛傳地美味。早上我通常會搭電車到菩提樹下大道（Unter den Linden）附近，前往大學上課。課程有時是九、十點開始，有時十一點開始。早上的課程結束後，再到學校附近用餐。由於早餐分量少，午餐時間又晚，況且我們又不像德國人會在上午多吃一次「早點」，到了中午當然飢腸轆轆，於是便吃下分量相當可觀的午餐，結果必然就是餐後會有股強烈的睡意襲來。下午的課程從四點開始，若利用中間空檔的兩、三個小時回住處，恐怕會把大部分的時間都浪費在電車上。因此，到大學附近的各大美術館好好仔細地參觀；或到舊柏林古意盎然的街區漫步，鑽進幾條小巷逛逛；又或是到蒂爾加滕區，在群樹下散步；甚至是到腓特烈大街（Friedrichstraße）或萊比錫（Leipzig）的街頭瞧瞧櫥窗，也就是來一場「柏林版的銀座閒逛」，是消磨這段時間的最佳選擇。如果還有空檔，我總習慣待在咖啡館或甜點店的大理石桌前讀報，一邊啜飲著「有鮮奶油」或「無鮮奶油」的咖啡，一邊掩飾內心那股淡淡的鄉愁。

我原以為柏林的冬天並不那麼寒冷，事實上卻是既灰暗又陰鬱，奇妙的沉重睡意宛如濃霧，讓人以為它封鎖了整座城市。它和我不自覺的輕微慢性鄉愁混合之後，形成一種特別的睏倦，壓住了我的額頭。為了趕走睏倦，我其實極度需要這杯咖啡。午後三、四點的咖啡館裡，還沒飄散那些吸血鬼的脂粉香，幽靜至極，說不定還會有老鼠跑出來。甜點店裡的顧客絕大多數是散發著居家氛圍的女士，因此不時會傳來開朗熱鬧的女高音或女低音吱喳巧囀。

後來到各國旅遊，我也都一直保持著這個喝咖啡的習慣。在斯堪地那維亞的鄉下，喝咖啡時常會出現異常堅固厚實，恐怕連敲都敲不破的咖啡杯。而這種咖啡杯也讓我親身體驗到一項有趣的事實：原來杯緣厚薄不同，喝到的咖啡口味就會產生差異。此外，喝咖啡也讓我知道了原來俄羅斯人說的「咖啡」，發音和日式發音頗為相似，而昔日聖彼得堡一流咖啡館裡的甜點則是極盡奢華，滋味絕佳。我總覺得，從咖啡裡也可看出一個國家的社會階層深度。就我個人的經驗而言，倫敦的咖啡多半口味不佳，我大多只能勉強喝喝ABC[4]茶館或黃金獅王[5]紅茶館的大眾紅茶。有人認為英國人知書達禮，是因為他們都喝紅茶，又吃牛排這種很原始的食物。實際上，普魯士地區一帶的民眾個性一絲不苟，或許就是美味咖啡涵養下的產物。巴黎的早餐咖啡和分段切開的長棍麵包，美味早已名聞遐

譯註｜4｜全名 Aerated Bread Company，設立於 1984 年，是開啟英國中產階段茶館文化的先驅。

譯註｜5｜Golden Lion，設立於 1717 年，是英國首家專位女性設計的紅茶專賣店。

邇。這讓我想起以前有段時間，每次服務生史蒂芬說完「先生，這是您的早餐」之後，擺到小桌上的那份早餐，是我一天當中極大的享受。在瑪德蓮教堂附近的一流咖啡館，我還有過一段驚訝的回憶。——我喝到的那杯咖啡，熱氣凝成的水滴竟吸附在咖啡杯盤上，可隨杯盤一同拿起。

旅居西洋回國後，我常趁著週日，到銀座的風月喝咖啡，因為當年我實在不知道還有哪裡可以喝得到像樣的咖啡。有些店家端出來的咖啡，喝過之後不仔細想想，還真搞不懂這種味道究竟是咖啡還是紅茶，甚至偶爾還會喝到帶著紅豆湯味的咖啡。有一位德國鋼琴家S和一位大提琴家W，兩人焦不離孟、孟不離焦。他們經常在同一時段分別來到風月堂，在此不期而遇。看來他們也同樣在這杯咖啡裡，品嘗到了柏林、甚至是萊比錫的夢想滋味吧。當時，店裡的服務生還是穿和服繫角帶。震災[6]後，店面搬遷到對街，員工也改穿燕尾服之類的服裝，從此我便覺得這家店變得高不可攀。另一方面也是因為S、F、K等適合我們這種人去的咖啡館陸續

譯註｜6｜發生在1923年9月1日的關東大地震。

出現，我自然就比較常往這幾家店跑了。

我自認不論是對咖啡，或是對其他任何餐點口味，都稱不上是個「老饕」，卻很自然而然地就能分辨出這些店裡的咖啡滋味各有不同，就連鮮奶油的香氣也因店而異。我隱約明白，這些都是重要的味覺元素。咖啡的呈現方式，的確是一門藝術。

然而，我總覺得自己似乎不是為了咖啡而喝咖啡。在家中廚房費盡心力才端出來的好咖啡，拿到亂七八糟的客廳書桌上品嘗，總好像少了點什麼，喝完還是不覺得自己已經喝過了咖啡。不管是不是人造品，總之就是要在大理石桌，或在乳白色的玻璃桌上，擺上閃閃發亮的銀器，還要有一枝康乃馨散發著芬芳，餐檯上的銀器和玻璃杯盤也要如星空般閃耀。夏天要有電扇在頭上低吟，冬天則要有暖爐發散出微微的暖熱。若不如此，咖啡彷彿就無法呈現出它該有的滋味。咖啡的滋味，是一首要用咖啡來提引的幻想曲，而要提引出這種滋味，終究還是要有適當的伴奏或前奏。銀器與水晶杯的閃亮光芒，形成分解和弦，確實地善盡了管弦樂團成員該做的本分。

當我正在鑽研的工作遇到瓶頸、一籌莫展時，我總會為了上述這層理由而喝咖啡。正當咖啡杯緣就要碰上雙唇的那一瞬間，常會讓我覺得靈光乍現，一道光就這樣灌注到腦中，同時還能輕鬆自在地想出解決難題的線索。

我曾想過這些會不會已經是咖啡成癮的症狀。然而，若真是成癮，不喝時精神狀態應該會明顯萎靡，唯有在喝過咖啡後才能恢復正常。目前的我應該還不至於到那種地步，咖啡這款興奮劑，在我身上發揮的都是正常作用和效果，這一點包準錯不了。

我原本就知道咖啡是一種興奮劑，卻只有一次真正親身體會的經驗。我曾因生病，而有一年以上的時間完全沒喝咖啡。後來，某個秋日的下午，我前往睽違已久的銀座，淺嘗了一小杯咖啡，接著便信步走到日比谷附近，卻發現四周的景物與平時截然不同。公園裡的樹林，街上往來的電車，所有原本司空見慣的一切，全都變得優美好看、明亮開朗，就連街上的每個行人，看起來也都顯得幹練可靠。簡而言之，就是當下我覺得世上的萬事萬物都充滿了祝福和希望，閃亮璀璨。回過神來，我才發覺自己的雙手掌心冒了好多冷汗。我不驚讚嘆：「原來如此！咖啡還真是駭人的毒藥」，也驚覺人類其實只需些許藥物，就能隨心所欲地被控制，真是一種可悲至極的生物。

據說喜愛運動的人，在觀賞運動賽事時，也會陷入同樣的亢奮狀態。篤信宗教的人，應該也曾有過類似的恍惚經驗吧？這種狀態，難道不會被那些宣稱「某某術」的心靈療法等拿去利用嗎？

看在所謂的禁欲主義者眼中，酒或咖啡之類的東西或許真的是百害而無一利的無用之物。然而，舉凡藝術、哲學和宗教在人類精神及肉體上所帶來的效果，其實和酒、水咖啡等極為相似。甚至在禁欲主義者當中，還曾出現過因為醉心於禁欲主義哲學，年紀輕輕就自絕生命的羅馬詩人哲學家；還有因為沉醉在電影或小說等藝術之中而竊盜放火的少年；甚至耽溺於外來哲學思想而引發騷動，最後斷送自己性命者，也不在少數。有些大叔沉迷於類似宗教的信仰，讓家人們以淚洗面，據說也曾有過君王不惜為了信仰而大動干戈。

藝術、哲學和宗教，不都是要在它們成為人類的原動力，推動人類從事顯性的實用活動時，才有實質的意義與價值嗎？就這層涵義而言，放在大理石桌上的那杯咖啡，對我來說，或許就可說是我的哲學、宗教和藝術。如果有了它能多少提升我處理本分工作的效率，那麼至少我覺得它比水準欠佳的藝術、半調子的哲學思想，或令人半信半疑的宗教來得更有用。只不過要是有人認為我的原動力未免太過廉價，聽起來不夠光彩，甚至有點貪嘴好吃，那也只有認了。但真要說起來，有這樣的原動力，或許也沒什麼不好。

宗教往往令人沉迷，讓人的感官與理智受到麻痺，這一點和酒很類似；而咖啡的效果是讓感官敏銳，觀察和認知變得更澄澈，這一點似乎與哲學有幾分相近。因為酒或宗救而致他人於死地者，不在少數；但因醉心於咖啡或哲學而犯罪者，實屬罕見。這或許是因為前者是一種信仰式的主觀，後者則是一種懷疑式的客觀吧。

而藝術這種美饌的可口滋味，有時的確很醉人。它讓人沉醉的原因可能是前面提過的酒，也可能是尼古丁、阿托平鎮靜劑、古柯鹼、嗎啡等各種物質。或許藝術可用這些成分來分類，到頭來人們便會感傷為何古柯鹼藝術或嗎啡文學竟如此之多。

我的這篇咖啡漫談，一不小心就寫成了一篇活像咖啡哲學序說的文章。這或許也是因為剛才喝的那杯咖啡，帶來了醉人的效果吧。

寺田寅彦・てらだ　とらひこ

一八七八—一九三五

◎作者簡介

散文、俳句作家，也是位地球物理學家，筆名吉村冬彥、寅日子、牛頓、藪柑子。他出生於東京，家中是高知縣士族，因生於戊寅年寅日，故名寅彥。高中時受英文老師夏目漱石、物理老師田丸卓郎的影響，立志鑽研文學與科學，並曾加入夏目漱石所主持的俳句同好團體紫溟吟社。一八九九年進入東京帝國大學理學院就讀，並於一九〇八年取得理學博士學位，在學期間多次在雜誌《不如歸》上發表散文作品。曾任東京帝國大學教授、理化學研究所研究員，亦為帝國學士院會員（相當於中央研究院院士）。他的散文題材多元，除了寫在故鄉高知的風物、回憶，也自物理、數學、天災、自然科學等領域取材。著有《冬彥集》、《藪柑子集》等散文集。

在咖啡館裡

萩原朔太郎｜はぎわら さくたろう

根據尼采的說法，不斷地勞動是一種低賤而粗俗的嗜好，證明了人類缺乏文化上的感性。而在現今日本這樣的新興國家，人們被迫不斷地勞動，根本無從享受此等閒散的心情。試想在巴黎的咖啡館裡，拿著一杯紅酒，望著馬栗樹的葉子翩然凋落街上，就能消磨半日浮生。

　前幾天，有個大阪的朋友來拜訪我，於是我便帶他到銀座一家頗具水準的咖啡館去。畢竟在大學生不多的大阪，沒有真正的咖啡館，這件事應該會是一個稀奇的旅途趣聞才對。果不其然，朋友覺得很稀奇，說了以下這段感想。

「我從剛才就一直在觀察，這家店裡有很多人都只是喝杯紅茶，就愣愣地坐上半個小時。這些人究竟在想什麼？對於崇尚『時間就是金錢』，捨不得虛度一分一秒空檔，整天忙著在市區東奔西跑的大阪人而言，看到東京這種咖啡館的光景，會覺得這裡是個閒人聚集之處，甚至應該要覺得很不可思議才對。」

　聽他這麼一說，我才開始試想咖啡館裡的顧客「究竟在想些什麼？」其實，他們心裡應該是什麼都沒想吧？不過話雖如此，他們倒也不是為了緩解疲勞而休息。換言之，他們是把漂亮的年輕女孩和優美的音樂當成了背景，在此享受著都會生活的氛圍和閒散。這就是一種文化上的閒情雅致。過去日本的江戶，和現今的法國巴黎等地，市區裡隨處可見這種閒人聚集的會所，這證明了文化要有悠久的傳統，才能蘊含更多的閒情雅致。根據武林無想庵[1]的說法，全世界的大都市當中，就只有紐約和東京缺乏這種閒情雅致，但至少東京還有咖啡館，因此或許還比大阪來得好一點。根據尼采的說法，不斷地勞動是一種低賤而粗俗的嗜好，證明了人類缺乏文化上的感性。而在現今日本這樣的新興國家，人們被迫不斷地勞動，根本無從享受此等閒散的心情。試想在巴黎的咖啡館裡，拿著一杯紅酒，望著馬栗樹的葉子翩然凋落街上，就能消磨半日浮生。這樣的生活，光用聽的都覺得奢侈至極。昔日江戶時代的日本人，會在理髮店裡閒聊或下棋，消磨掉大半天的時光。文化的傳統越悠久，人的心境上越有閒情雅致，生活悠哉閒適，日子過得更好。這就是所謂的「太平治世」。如今日本，與太平治世差之遠矣！盼能在日本打造出具閒情雅致又閒散的生活環境，縱然回不到昔日的江戶時代，至少也該有巴黎或倫敦的水準。

譯註｜1｜武林無想庵（1880-1962）是一位小說家，也是一位日法翻譯。

◎作者簡介

萩原朔太郎・はぎわら さくたろう

一八八六—一九四二

詩人，被譽為「日本近代詩之父」。他生於群馬縣的醫生家庭，少年時期受堂哥影響，開始學習創作短歌，日後在《文庫》、《明星》、《朱欒》等文藝雜誌發表短歌達十餘年。

一九一三年，他先是在北原白秋主辦的雜誌《朱欒》上讀到室生犀星的詩，大受感動。接著自己也在《朱欒》上發表了六篇詩作，就此躋身詩壇。之後，他與詩友成立了人魚詩社，並於一九一七年出版了首本個人詩集《吠月》，受到文豪森鷗外大力推崇，為他在詩壇奠定了穩固的地位。三好達治、堀辰雄、梶井基次郎等文壇上的重量級作家，皆曾師事萩原朔太郎。

一九三五年前後，萩原朔太郎進入創作高峰期，詩、散文、評論等作品接連問世，發表平台遍及報紙、雜誌和書籍。他的詩作以口語寫成，後人將他與高村光太郎並稱為「口語自由詩的確立者」。一九九三年起，前橋市為紀念這位當地出身的詩人，設立了評選現代詩的萩原朔太郎文學獎，至今仍年年舉辦。

甜話休提

古川綠波｜ふくざわ ゆきち

我不只忘不了這家店裡的美人，也忘不了巧克力和抹茶冰淇淋的美妙。

越來越走近新橋，就會看到千疋屋。若要吃草莓鮮奶油蛋糕，還是這家店賣的好吃。因為它是一家水果店，所以雪酪的滋味也很不錯。

我的飲膳札記已經寫了二十幾回，卻從沒談過甜食，因此有人來問我：「是不是不寫甜點了？」似乎許多人都因為我嗜酒，就覺得我是否對甜食一竅不通。

這、這個玩笑可不能亂開。我小時候沒喝酒，所以大吃各種甜點；開始喝酒之後，還是很愛吃甜食。換言之，我是雙刀並用。但也因為這樣，糖尿病這種高級的毛病，幾十年來都一直和我長相左右。

那麼，今天就讓我們來談談甜食吧。既然前面提到了雙刀並用，我就姑且從這裡開始談起。

我不太能理解所謂「嗜酒之徒就對甜食敬謝不敏」的這種論調。而我也找到了一個證據，可以證明嗜酒者不見得人人都排斥甜食。在餐館用餐時，整套餐點都上桌之後，不都會送上豆沙小包之類的甜點嗎？

我很喜歡這種安排。先痛快地喝完酒，之後再吃甜食，這的確是一種享受。

尤其最讓我迷戀的，就是一邊「呼、呼」地吹涼，一邊吃下溫熱過的豆沙小包。

同樣是紅豆沙類的甜點，「練切[1]」這種甜點就無法達到同樣的境界。還是要搭配豆沙小包類的甜點，而且一定要是溫熱過的。京都的旅館，常會在早上供應這樣的點心，吃起來真是一大享受。

前面談到了糕點類、和菓子類的甜食，但我個人其實是個西點派。我從小就喜歡那些人稱餅乾、蛋糕的西點，時至今日，我還是對西點情有獨鍾。且讓我先從小時候第一次嘗到的牛奶糖滋味，開始回想一下吧。

我記得當年森永牛奶糖還不像現在這樣裝在紙盒裡，而是裝在薄薄的馬口鐵罐裡。牛奶糖本身也不像現在這樣，只有焦糖牛奶一種顏色，還有巧克力色、橙色等各種顏色，每一罐都是綜合的。

至於它的滋味，當然也很好吃。我想當初森永公司應該是把它當成一

譯註｜1｜以白豆沙為基底的一種日本甜點，外觀通常是帶有季節特色的造型。

種高級甜點來銷售的吧。

從馬口鐵罐裝的時代起，包裝上就已經有長著翅膀的天使標誌。

在森永推出牛奶糖的這段時期前後，森永珍珠、薄荷等庶民的糖果產品，也相繼問世。而這些甜點，則是裝在一種紙袋裡，材質類似包裝種苗用的袋子。在小學所舉辦的郊遊活動當中，這些甜點簡直是被捧上了天。牛奶糖除了森永之外，也有雀巢等其他各家廠商所推出的商品，水無飴也是同一時期問世的產品。而口香糖也是在這個時期開始風行。

不過，這些畢竟都是很庶民的西方粗點心。市面上奢華的西點有風月堂的蛋糕、青木堂的餅乾等。

我永遠忘不了當年收到風月堂禮盒時的那份喜悅。高級的禮盒會用紫花桐木盒，裡面裝滿了有裝飾的海綿蛋糕，蛋糕外層再撒滿銀色的小糖球，和草莓造型的小巧糖果。所謂的「撒滿」，只是一種外觀上的感覺，其實在海綿蛋糕的縫隙中，到處都可以看到它的蹤跡。打開紫花桐木盒蓋，蛋糕的香氣就會撲鼻而來。那是一種溫暖的奶油芬芳。

前面我還提到了青木堂的餅乾。雖說是餅乾（biscuit），但其實是手工餅乾（cookie）[2]，種類也五花八門。其中最奢侈的是馬卡龍。我後來才知道，原來《玩偶之家》裡的娜拉，常吃的就是這種甜點，我猜想易卜生自己可能也是馬卡龍的愛好者吧。馬卡龍那略顯濃郁的滋味，是法國乾式西點（非糖果類，也就是現在所謂的厚片手工餅乾）之王。除了馬卡龍之外，還有小西點（dessert）、酥餅（sablé）、鬆餅（oublie）和硬糕餅（biscuit）等種類，還有帶梗葡萄乾。

這些西點，其實姑且不管美味與否，只要一放入口中，奶油的濃郁滋味，就會在嘴裡散發出甜香。啊！我又想起了它們的滋味。

長大後，我漸漸覺得那（那樣的美味）是因為自己在回想時，過度美化童年的緣故。換句話說，如果現在再吃到同樣的東西，會不會覺得它們

譯註｜2｜日本對 biscuit 和 cookie 有很清楚的規定。若餅乾當中的糖與食用油成分合計後，佔比為總成分含量的 40% 以上，且外觀具手感風格者，才可稱為手工餅乾（cookie）。早期厚片手工餅乾較高級，價格也較貴，故有此一規範，以避免消費糾紛。

其實沒什麼大不了？

不過，最近我聽當年和青木堂有些淵源的人說，青木堂當時的乾式西點，都是從法國進口的。如此一來，口味當然好吃。我不禁感嘆，原來往昔的日本也曾這麼奢侈過。

青木堂這家店，當時在市區裡有好幾家連鎖的分店，我這裡說的是麴町那家店。本鄉地區的赤門旁也有一家青木堂，二樓附設有咖啡館。我還記得在那裡吃到的泡芙，以及裝在大杯子裡喝的可可滋味。或許正是因為當年我對這些乾式西點鍾情甚深的關係，一直到長大後，我還是喜歡手工餅乾類的西點。

戰爭爆發前，銀座 Colombin 賣的手工餅乾，就是不由分說的好吃。

神戶的尤海姆（Juchheim）等其他店家，賣的手工餅乾也都很美味，但我還是最喜歡 Colombin，三色旗（Tricolore）次之。三色旗的手工餅乾稍微偏甜，吃來略感膩口，但又別有一番風味。

我出外旅遊時，還會請人先寄送到旅遊地點，因為我每天早上都要品嘗一些。

那麼，若要問我戰後究竟哪裡賣的手工餅乾好吃，我的答案是：目前找不到可與戰前那些店匹敵的美味餅乾。

會有這樣的現象，其實也不無道理。首先是麵粉的問題，其次是奶油的問題。現在日本無法進口像二次大戰前那種外觀黃澄澄的澳洲奶油（現在市面上那種沒有奶油味的奶油，這時實在是派不上用場），只能委屈將就。因此，基於原料上的問題，現在東京各家西點店所做的手工餅乾，再怎麼做都無法像過去那樣長年維持適中的硬度，大多會偏向某個極端，不是太硬就是太軟。

泉屋（Izumiya）的手工餅乾近來知名度大增，但它的硬度高，口感有點像仙貝，得「喀啦、喀啦」地用力啃才行。口味上雖然少了點奶油香，但已經是做得很不錯的了。

譯註｜12｜喻份量極重。

幸運草（Clover）的手工餅乾稍微偏甜，但口味濃郁。另外，不知道是不是因為原味餅乾偏甜的關係，這裡還推出了一種起司口味（不甜的）手工餅乾，這倒是可以「吞得下去」。

坎特（Ketel）也有賣手工餅乾，但店家並沒有將主力放在這款商品。它們的磅蛋糕和水果蛋糕很美味，可是手工餅乾很容易碎，只要從店裡帶回家，餅乾就會碎成粉末。

我也試過德國烘焙坊（German Bakery）、Colombin 等店家的手工餅乾，但都無可避免地出現了時下手工餅乾常見的易碎問題。

前幾天，我到大阪去的時候，聊到了這個話題，阪急點心坊的人說「那請嚐一嚐我們的手工餅乾」，請我帶了一盒回家。餅乾在火車上一直保持完好，吃起來口味也很正統，水準頗高。

杏仁果（Almond）的手工餅乾不會太甜，口味偏淡，因此吃再多也不膩。弦月馬卡龍一如店名，以大量杏仁果製成，最是美味。還有小蝴蝶酥也很不錯，硬度適中。

這一次都在談手工餅乾。

下次還會再繼續聊一點甜話。

這次我們從手工餅乾進入到蛋糕，來談談西點的古往今來。

一般人所謂的「蛋糕」這種西點，其實種類包羅萬象。在二次大戰前，若要論遠從明治時代就有的海綿蛋糕（長崎蛋糕類），最好的莫過於上次提過的風月堂連鎖店。加入大量奶油的蛋糕體滋味濃郁，是很奢華的一款西點。

說到風月堂的明星商品，我記得好像還有鬆餅，日本式的發音會讀成窩夫。這裡的鬆餅有兩色，一種是包奶油內餡，一種是夾杏桃果醬。不知道戰後這款商品是否依舊屹立不搖？

二次大戰前，若想在銀座找到美味的蛋糕，除了風月堂之外，不妨沿著回憶裡的銀座，沿路走到MON AMI、德國烘焙坊、Colombin、愛斯基摩看看。

MON AMI迄今仍在營業，但以前感覺比較沉穩，也比較受歡迎。二樓西餐的口味也不差。至於蛋糕整體而言是很正統的，口味佳，價格也平實。

在二次大戰前，德國烘焙坊賣的是獨特的年輪蛋糕和肉派等，都是在其他店家買不到的商品。

戰後，德國烘焙坊（位在有樂町）還是有賣肉派，但以前的肉派比較大，味道也比較濕潤、可口。

話雖如此，但其他店家畢竟很難找到肉派，所以我還是會專程到有樂町去買。當聽到店家說「肉派現在只有週六才做」的時候，還是不免失望。

另外，這家店特別的年輪蛋糕，最近也改成只在週六和週三賣，讓不少專程前去搶購的人敗興而歸。

其實現在另有不少店家推出年輪蛋糕。我記得最早是從神戶的尤海姆開始賣這種西點，我買了外帶，在家裡品嘗過後，只覺得味道很無趣。因為在家沒辦法像店裡切得那麼薄，再者，不搭配鮮奶油一起吃，它的價值更是連一半都沒有。

話題再回到肉派。八重洲口的不二家也有賣肉派，不過這裡的是美式肉派，份量十足。

坎特先生經營的熟食店（並木通）裡，在戰後也賣起了德式的肉派，但與其說是點心，其實它更像一道下酒菜。

說到派，我想順便報告一下，最近我在新橋的杏仁果（是西餐館，不是咖啡館），吃到了睽違已久的野味派。在二次大戰前，帝國飯店的西餐館裡總會有這道菜，如今竟在杏仁果與它不期而遇，令人歡喜不已。

話題從甜食岔開到旁門左道去了。讓我們再回到正途，看看戰前銀座的西點。

銀座通上的Colombin，據說老闆已交棒給下一代。而前店東現在掌管的同名店鋪，則位在西銀座。

大馬路上的那家店，在二次大戰前是以手工餅乾做得最好，蛋糕也都做得很細膩。最近還在店門前擺起了桌椅，說是可以讓客人坐在那裡邊喝咖啡，邊瀏覽銀座的人來人往，感覺就像是到了巴黎。也因為這樣，所以稱之Colombin露天咖啡座（Colombin terrace）。如今這裡已和昔日大不相同，變得很大眾取向。

愛斯基摩目前也仍在營業，但氣氛已和戰前截然不同。

二次大戰前，愛斯基摩的冰淇淋蛋糕和新橋美人[3]，堪稱是銀座的明星商品。抹茶、巧克力、草莓、香草等冰淇淋，層層疊疊地裝進一個杯子裡，宛如一杯五色酒[4]，我記得杯底還會放一些草莓醬。

美妙。

我不只忘不了這家店裡的美人，也忘不了巧克力和抹茶冰淇淋的美妙。

越來越走近新橋，就會看到千疋屋。若要吃草莓鮮奶油蛋糕，還是這家店賣的好吃。因為它是一家水果店，所以雪酪的滋味也很不錯。

提到冰淇淋，就要再回到尾張町，我們可不能忘了二戰前的奧林匹克。奧林匹克這家店裡販售各種美式冰淇淋蛋糕、聖代，而在冰淇淋上搭配香蕉，或撒上搗碎的核桃等，應該就是從奧林匹克起源的吧。

這些口味濃重的冰淇淋固然好吃，但放在銀杯裡的雪酪，更是讓人看了就透心涼，最適合在夏季裡用來消暑清心。不過，在戰後的東京，能吃到好吃雪酪的店家變少了。

我想這是因為雪酪被那個從美國來的傢伙——霜淇淋占去上風的緣故。霜淇淋這種東西，固然也有它的出色之處，但只有小孩子，才能那樣一口一口地舔著吃吧。談到這一點，那雪酪就是給大人吃的冰品了。但我

譯註｜3｜「新橋美人」是一款三色冰淇淋的商品名稱。
譯註｜4｜以五種洋酒調製而成的雞尾酒。

在銀座附近找不到幾家賣雪酪的店，更沒有好的。

我去年夏天去了一趟神戶。在威爾金森（Wilkinson），我總算吃到了睽違已久的美味雪酪。回到東京後，我又找了一些雪酪，但一直沒找到理想的，好不容易才在帝國飯店的西餐館找到。而我在冬天又去了一趟威爾金森，結果店家沒營業，讓我大失所望。

只要在都會區，霜淇淋現在幾乎到處都吃得到。至於雪酪這種怪東西，是不是已經變成了非急需品了呢？

每當我看到小朋友們一口一口地舔著霜淇淋，再喀啦喀啦地吃著餅乾筒，我就會想著「一定很好吃吧？」

我人生第一次吃到冰淇淋，又是在什麼時候？

那是在銀座，一家名叫函館屋的食品店。店裡的後方附設了現在所謂的咖啡館，我記得我就是在那裡，吃到了人生第一口的冰淇淋。

小小的玻璃杯裡，裝得滿滿的。我還記得從那座小山的山頂，一點一點地舔食冰淇淋時的喜悅，還有那比現今時下冰淇淋更黃的顏色，以及函館屋那泛藍的白色瓦斯燈光。

那是明治四十幾年[5]時的銀座。

當時，活動影戲館裡的場內銷售員，一邊喊著「買冰、買冰激淋」，一邊兜售的那種淡口味冰淇淋，也是我少年時期的回憶。

它的味道會淡，是因為它很粗製濫造，根本沒加多少雞蛋和牛奶，所以一個才能只賣五錢左右，畢竟它就是這樣的冰淇淋。不，這不是冰淇淋，它一如銷售員口中的發音所言，是冰激淋。

買了這種冰淇淋，邊看活動影戲（請容我這樣說，說是「電影」的話，味道就不對了）邊吃，這就是一種幸福。

我覺得好吃的冰淇淋，是長大之後，有次去北海道時，在札幌的豐平館裡吃的，當時也吃了不少。

譯註｜5｜明治四十年是西元一九〇七年。

中學時，我第一次自己用零用錢買來吃的，是在三好野那種類型的紅豆湯舖，其實更應該說是大福麻糬店。我記得好像買了豆大福、涼糕之類點心。那是一場十幾、二十錢的奢華饗宴。

上下學的途中，繞到牛奶屋去坐坐，也是一大樂事。

當年我就讀的是早稻田中學，因此幾乎每天都會到市營電車終點站附近的一家富士牛奶屋去報到，還一連去了好幾年。

在那個幾乎還不見咖啡館的年代，牛奶屋就是扮演咖啡館角色的店家，而且店裡一如其名，是以供應牛奶為主力。

滾燙的牛奶，表面還凝結出了一張薄膜。——我總是一邊「呼、呼」地吹涼牛奶，一邊讀官報。

不知道為什麼，牛奶屋裡總會有官報。

牛奶屋的玻璃容器裡，盛裝著一種名叫西伯利亞的蛋糕，那是一種在長崎蛋糕中間，夾了白色羊羹的一種三角形甜點（也有夾黑羊羹的）；另外還有一種名叫雷電泡芙的甜點，它是一種茶褐色的、帶有花生口味的糕點。在整塊的茶褐色上方，總會固定佐上三塊染紅的砂糖。（所以說它和泡芙外面沾上巧克力的閃電泡芙完全不同。）

剛好在同一時期，東京市區裡到處都開了麵小包店。

所謂的麵小包，就是一種像是結合了麵包和傳統豆沙小包似的東西，外層是如麵包般的一層薄餅皮，包裹著一顆紅豆餡的小包。我記得它是一盤四顆，售價十錢。

我的腦海中現在仍能想像到麵小包內餡的那種紫色，如在目前。

老聖保羅咖啡館（Paulista）大概是在我中學時代開設的。

雖然它名叫咖啡館，但有女服務生，也不是大量供應酒水的那種店家，是一種以學生為本位，以供應咖啡為主力的店舖。

老聖保羅咖啡館在京橋、銀座、神田等地都有分店，每家店裡都是以一杯五錢的咖啡為賣點。這一款咖啡，是用厚實的杯子，盛裝香氣濃郁的巴西咖啡。

當年還是個砂糖多到氾濫的時代。桌上就放著砂糖罐，想舀多少出來加進咖啡裡都無妨。以前還曾經有個學生，把這種糖罐裡的砂糖偷偷用紙包起來，帶回去給學生宿舍的人當紀念品。

提到老聖保羅咖啡館，我會想到的是它的胡椒薄荷果凍，還有它的每家分店裡都設有自動鋼琴，只要投入五錢，它就會演奏〈威廉泰爾進行曲〉或〈敷島進行曲〉等曲目。

總而言之，在那個時代，那樣的咖啡館，或供應甜點的店家，都令人感到明亮、愉快。

於是，照例我又要說「反觀現今的咖啡館」，準備接著感嘆一番。然而，只要是經歷過那個時代的人，我想任誰都會對我的這番說法感到心有戚戚焉。如今，在戰爭結束後，咖啡館這種場所，又呈現出了什麼樣的風貌呢？其實不論是東京、大阪、京都、名古屋，咖啡館的數量都在增加。

到了關西地區，咖啡會帶有濃郁的巴西香氣。在東京，咖啡豆是以摩卡類居多；而關西據說是用混合了巴西和爪哇咖啡豆的綜合咖啡。

走一趟有樂町的藝術咖啡館（Café Art），不論是巴西或摩卡，各式咖啡豆種類一應俱全，任君挑選。只要客人點單，什麼樣的咖啡都可以喝得到。

和以往的一杯五錢相比，現在那些一杯動輒五十圓起跳的咖啡，聽起來實在是很誇張。不過這些咖啡館會供應擦手巾給每一位客人，服務確實不錯。

在咖啡館的各項服務當中，我對喜歡杏仁果咖啡館各家分店，在客人享用完咖啡等餐點後，送上的那杯番茶。這和其他地方急著帶下一組客人進來，也就是趕搶所謂的「翻桌」，讓客人覺得被催趕著離開的感覺很不一樣，彷彿是聽到了店家在對客人說「請慢用」似的，感覺很舒服。

除了這種明亮的純喫茶式咖啡館之外，近來銀座也出現了供客人聆賞爵士樂的咖啡館。而且數量還不是兩、三家，目前似乎還在不斷地增加當中。

從二次大戰前到戰爭開打後的這段期間，人稱「新興咖啡館」的店家陸續出現，店內會播放唱片，或供應昆布茶等。這些店家是以漂亮女服務生為賣點。而近來這些以現場音樂為賣點的咖啡館（它們也算是一種社交咖啡館嗎？），還真是特立獨行。

我去過一家最近剛開幕，同時兼有爵士和古典樂演奏的咖啡館。在門口就先要我買餐券，讓人覺得很難放鬆。

再進到店裡一看，裡面幾乎是一片漆黑。我視力差，所以在這家店裡走動時，必須伸手摸索才行。

此外，店裡從大白天就開始演奏音樂，音量又大，情侶們似乎都無法好好聊天。店裡的咖啡和蛋糕，味道也都算不上好。我完全無法理解來到這種地方的人，究竟是為了喜歡它的哪一點而願意如此委屈。

◎作者簡介

古川綠波・ふるかわ ろっぱ

一九〇三—一九六一

本名古川郁郎，是一九三〇年代家喻戶曉的諧星。他出生於東京的公爵之家，卻因不是長子而被送到姑丈家收養。古川綠波很早就展現他的文學才華，於小學三年級時為自己取了「綠波」這個筆名，並自國中時開始投稿影評至《電影世界》、《電影旬報》等專業電影雜誌。

一九二五年，古川綠波自早稻田大學英文系中輟後，原想潛心寫作，後因模仿各種聲音的表演而踏上演藝之路，還將這種表演命名為「聲帶臨摹」。他在菊池寬和寶塚創辦人小林一三的鼓勵下，轉行成為喜劇演員，紅極一時，曾於一九四五年擔任戰後第一屆「紅白音樂大賽」（紅白歌唱大賽的前身）的白組主持人。

古川綠波的文學作品以電影評論和散文為主。酷愛美食的他，於戰時和晚年經濟困窘下，對飲食仍很講究，著有《綠波食談》和《悲食記》這兩本專談飲食的散文集。

潘恩會的回憶

木下杢太郎｜きのした もくたろう

後來找到的是一家位在小傳馬町的西餐館，名叫三州屋。這裡就是個充滿純正下町風情的街區，傳統的批發商行林立。由於餐館建築是棟洋樓，還保有幾許第一國立銀行時代的建築風貌，我們對它情有所鍾。

北原足下：

儘管你盛情請託，但我這十幾年來的日記本和記事本，大多毀於東京的那場大地震[1]當中，所以對潘恩會[2]的諸多細節，目前實在是回想不起來。不過，正巧明治四十二年[3]和四十三年的日記還留著，我就試著節錄一些在這段期間所寫的內容。不過我的日記寫得並不仔細，因此缺漏甚多。

直到四、五年前，我都還很懷念那個時代，不時會回憶起當年的光景。然而，如今時間已相隔許久，我對當時的事，已不太感興趣了。

整件事的起源約莫是在明治四十二年左右，我和經營《方寸》這本雜誌的石井、山本、倉田等成員們常有往來，提到日本沒有像西洋的咖啡館這樣的場所，因此也沒有所謂的咖啡館風情可言。於是就有人說既然如此，那我們就自己來辦一個有這種氣氛的集會。當年我們很喜歡讀印象派的繪畫評論和歷史，此外，由於當時是上田敏先生積極寫作的年代，受到他的翻譯作品等影響，我們會想像巴黎的藝術家和詩人們的生活，想跟著

譯註｜1｜發生在1923年9月1日的關東大地震。

譯註｜2｜由北原白秋、木下杢太郎等文人，與美術同好雜誌《方寸》的成員所組成，是藝術家們談論藝術的集會，於1908年底召開第一屆，直到1913年左右才告終。

譯註｜3｜1909年。

東施效顰一番。

在此同時，江戶品味透過浮世繪等藝術創作，一再地撩撥我們的心。到頭來，潘恩會其實是在對江戶風情和異國風情的憧憬下，所誕生的產物。

當時，要找一間像咖啡館的房子，還真是讓人煞費苦心。原本在東京各處都遍尋不著這樣的建築，某個週日，我花了一整天在東京各地奔走（其實原本大家的要求，是要找位在下町，最好還是可以看得到大河的地點。若不能在河岸邊，就退而求其次，找個洋溢下町風情的地點將就一下），最後總算在快到兩國橋的地方找到了一家西餐館。起初兩、三次集會都在那裡舉辦，但那棟建築實在太寒酸，且毫無風情可言，大家很快就膩了。後來找到的是一家位在小傳馬町的西餐館，名叫三州屋。這裡就是個充滿純正下町風情的街區，傳統的批發商行林立。由於餐館建築是棟洋樓，還保有幾許第一國立銀行[4]時代的建築風貌，我們對它情有所鍾。這

譯註｜4｜日本史上第一家銀行，於1873年開業，地點位在東京的中央區日本橋兜町，小傳馬町附近。

家店的老闆娘是世居此地的老江戶人，有次召開大會時，她為我們找來了葭町[5]一流的藝妓，眾人都想起了那幅收藏在美術學校裡的「長崎遊宴圖」，開心極了。

後來，位在深川永代橋畔的永代亭，因為可飽覽大河美景，所以也經常成為潘恩會的會場。

許久之後，小網町開了一家「鴻乃巢」，我們都稱它為「MAISON KONOSU」，假裝充滿異國風情。年輕太美好。當時我們個個都趾高氣昂，還賦予這個稍微奔放不羈的集會極大的文化意涵，並為此而得意洋洋。

接下來我就試著節錄日記上記載關於潘恩會的一些片段。

明治四十二年（一九〇九）一月九日，週六，召開潘恩會，地點我忘了。當晚在森博士府上有觀潮樓歌會[6]，出席潘恩會的成員當中，後來有

譯註｜5｜位於現今的東京日本橋人形町一帶，過去曾是知名的煙花之地。

譯註｜6｜由森鷗外所主辦，自 1907 年 3 月起，每月第一個週六晚間，在鷗外自家二樓召開。

兩、三人都趕去赴會了。

這天夜裡下起了雪。

（當月十三日，在上野的精養軒召開了青揚會。我的日記上寫著「上田先生講得煞有其事」，好像是上田敏先生在會中發表了什麼演說吧。）

（當月十八日，撰寫多時的〈南蠻寺門前[7]〉終於完成了。我急忙把稿子謄寫到美濃紙上，並趁著當晚拜訪森博士府上時，請博士過目。博士讀完後哈哈大笑。）

同年二月十三日，週六，召開潘恩會，地點不詳。這天去了神田的安田旅館，找一位名叫朗夫的德國人，他在伊上凡骨[8]門下學雕版，我帶他一起去參加了潘恩會。

同年三月十三日，週六，召開潘恩會，地點應該是兩國這一側的某家

譯註｜7｜木下杢太郎創作的劇本。

譯註｜8｜伊上凡骨（1875-1933）是知名的木版畫雕版師。

西餐館二樓，朗夫也出席。此外，最難得的是荻原守衛[9]也露面，而且在聚會開始後，島村盛助[10]也來了。

這天晚上直到夜色已深才散會，眾人便在萬世橋附近一家叫佐佐木旅館的地方留宿。倉田白羊[11]向旅館請託，說「我們是京都淺井忠[12]大師的門生，來參加師父的祭祀法會，本來打算要回去，但天色已晚，請讓我們住一晚」，旅館才讓我們住下。我以往從不曾在外留宿，因此整夜忐忑難眠。

同年三月二十七日，週六，召開潘恩會，地點不詳，應該同樣是在西餐館，不過日記上寫著「透過紅色和綠色的玻璃看公園」，所以說不定是我記錯了。石井柏亭[13]說這是在東京實踐「如何在巴黎玩樂」（這句話好像是一本英文書的書名）等等，當時潘恩會的氛圍的確是如此。

（這個月的五日有觀潮樓歌會，佐佐木博士、吉井、北原、與謝野、伊藤、古泉、齋藤、平野、上田等多人出席，可說是這個歌會歷來最盛大

譯註｜9｜是知名的雕塑家，曾赴美學習西畫，後轉往法國朱利安藝術學院（Académie Julian）學習雕塑。

譯註｜10｜島村盛助（1884-1952）是英國文學學者，也創作小說和翻譯，曾師事夏目漱石。

譯註｜11｜倉田白羊（1881-1938）是知名的西畫家，曾師事淺井忠，與石井柏亭交情甚篤。

譯註｜12｜淺井忠（1856-1907）是知名的西畫家，曾赴法國習畫，回國後於京都高等工藝學校任教。

譯註｜13｜石井柏亭（1882-1958）是知名的版畫家、西畫家，也是藝術評論家，曾師事淺井忠。

的一次活動。）

同年四月十日，於深川永代橋畔的永代亭舉辦潘恩大會。這天上田敏先生因事前來東京，故也出席盛會。我們逼他多喝幾杯黃湯，還要求他唱首巴黎的歌曲讓眾人一飽耳福。上田先生莫可奈何地起身，唱了一首簡短的法文歌，也發表了一番談話。我從上田先生口中聽到他對南蠻寺的看法，大為感激。

日記上還記載了這天大家討論到永井先生的「法國物語」，以及湯淺先生的維拉斯奎茲的臨摹畫等。

當時潘恩會的光景，我至今都還記憶猶新，但要詳述實在是太費事了。那天不知為何，我帶了一張畫有三個女人頭像的海報赴會，貼在入口處盡頭的屏風上。記得當天好像還有位名叫出口清三郎的畫家出席，不知他是否別來無恙？

有謠傳說這天的潘恩會，被當局誤以為是談論社會主義的集會，因此有兩位刑警到場。我們至今仍認為確有此事，當年的確是有兩個貌似刑警的人，在隔壁的和室喝著酒。不過一切究竟是否真如傳聞所言，令人存疑。這天的歸途中，醉意甚深的山本鼎和倉田白羊沿著欄杆，爬上了拱橋的最頂端，還從橋上對著河裡小便，讓眾人為他們捏了一把冷汗。

同年四月十日，潘恩會。這天應該是一場人數較少的集會。

（同年五月二十一日，北原為我們的雜誌命名為《屋頂庭園》。[14]）

此時潘恩會逐漸受到各方肯定。同年十一月二十七日的週六，有樂座的自由劇場演出（應該是〈約翰・蓋柏瑞・卜克曼[15]〉的首演）散場後，「涉谷村一行人、岩野先生、蒲原先生、島崎先生」，再加上一些我們潘恩會的成員，共二十五人來到東洋軒，在岩村先生登高一呼之下，開香檳

譯註｜14｜指的是北原白秋為 1909 年創刊的文藝雜誌《屋頂庭園》命名一事。

譯註｜15｜易卜生的劇本，原名 *John Gabriel Borkman*。

舉杯歡聚。

明治四十三年（一九一〇）年二月七日，潘恩會。山崎來訪，我和他一起繪製海報，我畫的是異國風。山崎沒到會場，又作了潘恩的大燈籠。當天的會場是三州屋。除了固定班底之外，還有藤島先生、鈴木鼓村先生、與謝野先生、水野葉舟、安成等許多成員出席，但日記上並未詳細記載。

同年二月二十七日，潘恩會例會。當天有高村、石井、小山內、北原、吉井、長田等人出席，人數較少。

這一天，我才得知《屋頂庭園》的第二期被勒令禁止發售。

同年十一月二十日，潘恩會大會，於三州屋舉辦。長田、柳、吉井、猿之助、南、高村、永井、山崎、谷崎、武者小路、小宮、島村、柏亭、青山、一平等人，以及其他許多來賓出席。

這天的集會，因發生「黑框事件」而聲名大噪。高村拿了一張海報，大大地寫著「賀長田秀雄君入伍」，還畫上了一個黑框，並掛在會場的牆上。萬朝報的記者獨自前來，在現場又不認識其他人，便受到了冷落。他為此相當氣憤，隔天就在該報的社論欄上拿這件事大作文章，強烈抨擊本會。

而潘恩會也在此時達到極盛顛峰，之後便每況愈下了。

（為呈現當時的時代氛圍，我稍作補充。十一月二十六日，在神田青柳舉辦舊書現場展售會。北齋繪本《東遊》，六圓五十錢；《吉原青樓年中行事》，四十五圓；《駿河舞》，五圓；西鶴《好色一代男》，三冊，一百圓；元祿十六年版（？）《松葉》，附書帙良品，十四圓；哥麿〈七怪〉三幅，一百圓；豐廣浮繪，五圓。）

同伴看到明星商品之一的浮世繪，便說道：「那張肖像畫，是不是拿去給小孩當玩具玩過了呀？」在黑田清輝還很活躍的時代，白馬會還曾出現過他的〈荒苑斜陽〉等作品。）

到了明治四十四年（一九一一）年，潘恩會已漸趨式微。二月十二日，在淺草的世香樓舉辦潘恩會，世香樓老闆娘演講。

同年六月五日，週一，於神田新開幕的西餐館（店名好像叫「都」）召開潘恩會，當天內田魯庵先生亦出席。根據日記上記載，內田先生談了杜斯妥也夫斯基和泥磚等內容，小山內則是不知在哪裡喝醉，情緒很亢奮。生田、島村、喜熨斗、平出、萱野等非固定班底蒞臨，黑田先生和島崎先生則是禮數周到地來函通知缺席，眾人紛紛表示這兩位向來都是如此慎重其事。

日記上還提到萱野抓著內田先生討論奧斯卡．王爾德的散文，但從一旁看來，萱野的態度令人稍感不悅。

當天還有個模樣看來遊手好閒、不知姓啥名誰的人到場。儘管全場沒人認識他，他好像還是自顧自地在座位上高談闊論起來。

當時人在日本的德國人格拉瑟[16]先生說自己無法出席，卻特地送來花籃。

我過去常為潘恩會製作邀請函的底版。對了，足下和吉井的詩集插畫底稿都已在火災中燒燬，若足下手邊還有，盼請不吝惠贈。

（一九二六．一二．二）

譯註｜16｜庫爾特．格拉瑟（Curt Glaser，1879-1943）是德國人，藝術史學者，1911年曾赴日研究日本藝術。

◎作者簡介

木下杢太郎・きのした もくたろう

一八八五—一九四五

小說家、劇作家、畫家，本業為皮膚科醫生。出生於靜岡縣伊東市，本名太田正雄。一九一一年東京帝大醫學系畢業，先後歷任愛知醫大、東北大、東京帝大醫學院教授，在真菌研究方面卓有貢獻。以筆名木下杢太郎走紅於文壇，深受同樣兼任醫生和作家的森鷗外影響，有「小森鷗外」之稱。在學期間加入與謝野鐵幹的新詩社，開始發表詩歌、戲曲、小說與隨筆等作品，並與文友組成文學團體，融合江戶趣味與異國情調的享樂詩作獲得好評。出版有詩集《飯後之詩》和戲曲《南蠻寺門前》、《和泉屋染物店》等。

青春回顧

吉井勇｜よしい いさむ

夜越深，春天咖啡館越能逕自蘊釀出一股詭譎卻美麗的神祕氣息，只是如今似乎已無從感受到這樣的氛圍了。而在這樣的地方，客人又分成兩派。像臨川、春浪這種獨自喝酒的爛醉派，與荷風、薰這種啜飲咖啡的靜觀派。

我記得春天咖啡館（Café Printemps）在銀座邊陲——日吉町的民友社[1]旁，緊鄰一家名叫日勝亭的撞球店之處正式開幕，應該是明治四十三、四年左右的事。當時在銀座周邊還沒有這種所謂的「咖啡館」，類似的店家只有台灣茶館[2]和老聖保羅咖啡館。由於春天咖啡館的店東是西畫家松山省三，「春天」又是由小山內薰所命名，因此客人多為文人、畫家、演員、報刊雜誌的從業人員，或是對這些領域有興趣的人士。當時這種咖啡館還相當罕見，所以也有不少客人是從築地木挽町過來，趁回家前歇歇腳，或趁夜深後帶著藝妓上門。

由於春天咖啡館的主要客群就是前面提到的這幾類，所以我和眾多文壇人士也都是在這裡見面認識。其中最令我印象深刻的，就是中澤臨川和押川春浪這兩位。中澤兄是在小山內先生引見下結識，我記得最初應該就是在此處見面，後來隨即成了把酒言歡的好友，經常結伴前往各處，他也曾帶我去認識諸多美酒。臨川這個大名，其實我以往就曾透過武林無想

譯註｜1｜由德富蘇峰於 1887 年創立的出版社，1933 年解散。

譯註｜2｜銀座八丁目的烏龍亭，1905 年開幕。

庵、川田順、小山內薰等人合辦的《七人》雜誌而得知；《七人》雜誌的發行所還出版了《鬢華集》這本文集，是我最愛不釋卷的書籍。我對中澤兄可說是早已久仰大名，能讓他帶我四處增廣見聞，簡直是如夢一般，令我喜不自勝。

據說就連藝妓們也為中澤兄冠上了「神」這個稱號，以表達對他的推崇。這位眾人口中的「神」雖愛酒，酒量卻不好，三、四瓶黃湯下肚後，立刻醉態畢露。他會把杯裡的酒幾乎全灑光，還抓住身旁的人，不管對方是誰，就開始怒斥「豬頭，你是個笨蛋！」云云，但不久後便會癱軟似地躺平，不論是在宴會廳的正中央，或其他任何地方，他都能睡得不醒人事。總之，在中澤兄的朋友當中，應該無人不曾領教過這句「豬頭」的吧。我本人領教這句帶著親愛之情的「豬頭」，次數更是早已不知凡幾。

我和中澤兄最後一次見面，應該是我下榻在越後妙高山腰的赤倉溫泉時的事。我和專程自信州松本前來探望的中澤兄，整晚在山上開懷暢飲，後來他還說要直接前往新潟市區，兩人便一同下山，還在鍋茶屋[3]等幾家食肆接連喝了好幾回合。之後甚至還到了長岡，去拜訪人稱越後南州的大村一藏。隔天，我倆在篠井車站分道揚鑣，孰料我與中澤兄竟然就此天人永隔。

我是在約莫中學一、二年級時認識押川春浪的。當時我進入以「南洲[4]學者」著稱的勝田孫彌老師所開設的私塾，押川過去也曾在此學習，因為這層關係，他常到我家玩。當時勝田老師辦了一本名叫《海國少年》的雜誌，有時押川到我家，說了聲「借用你的桌子」，便從懷裡拿出稿紙，提筆寫起他在《海國少年》上連載的冒險小說〈塔中之怪〉。當年他連插畫都親自操刀，而且還畫得很好，絲毫不像出自外行人的手筆。

後來我們有將近十年時間不曾聚首，竟又偶然在春天咖啡館重逢。我們兩人都是中澤兄的酒友，因此很快就熟絡起來，成為把酒言歡的好友。押川的尊翁——押川方義先生是基督教界的熱血志士，而春浪的相貌乍看

譯註｜3｜1846 年開幕的老字號餐廳。
譯註｜4｜「南洲」是西鄉隆盛的號。

之下，頗有富家公子的風範，身體裡卻也藏著熱血澎湃的氣魄。有次在國技館舉辦校際相撲大賽，春浪不知為何動怒，竟差點在土俵[5]上動手毆打當時聲勢如日中天的出羽之海。他那股不服輸的氣勢，很令人擔心。

到了他常光顧春天咖啡館的那段時期，春浪似乎有很多理不斷的煩惱，有時甚至兩天兩夜都幾乎不曾小寐片刻，一直坐在同一張桌前、同一張椅上，不停地喝著威士忌，一邊淚流滿面。總之，當年的那些酒，春浪不是用身體喝的，而是用心情喝的。只要想到什麼不如意，他就徹徹底底地喝個天翻地覆，喝再多都不厭倦。這樣喝醉之後，平時的煩悶抑鬱似乎又再湧上心頭，於是他又再喝悶酒，藉酒澆愁愁更愁，春浪便又再無止盡地喝下去了。

春浪離開人世後，主導《武俠世界》雜誌的阿武天風，在西伯利亞發行報紙時，是個穿著軍服四處征戰的英豪。即使是他，碰到春浪喝悶酒時，看來似乎也只能束手無策。當時沒對春浪這種喝悶酒的行為感到無奈的，

譯註｜5｜相撲的競技擂台。

或許就只有我了吧。臨川、春浪、薰、天風，都已不在人世，每思及此，我內心便越覺落寞不已。

除了前面提到的文友之外，春天咖啡館在文壇上還有永井荷風、正宗白鳥、生田葵等常客。

不論如何，春天還是一家特立獨行的咖啡館。店內的天花板和牆壁上，整面都是亂七八糟的塗鴉。在香菸的煙霧瀰漫繚繞之間，看得到山上草人親筆繪成、宛如雲中之龍的自畫像；還有作者不知為誰，字跡醉墨淋漓的胡言亂語——「花柳原是共有物」。夜越深，春天咖啡館越能逕自蘊釀出一股詭譎卻美麗的神祕氣息，只是如今似乎已無從感受到這樣的氛圍了。而在這樣的地方，客人又分成兩派。像臨川、春浪這種獨自喝酒的爛醉派，與荷風、薰這種啜飲咖啡的靜觀派。兩者呈現奇妙的對比。然而，自從春浪有次爛醉後瘋狂失控、大鬧咖啡館之後，先是荷風兄不再出現，最後靜觀派的文友們，也都漸漸離春天遠去。

當年，荷風兄都不是獨自到咖啡館來，身旁一定有生田葵，或現已不在人世的井上啞啞相陪。他長年來所培養出來的膽識非常神奇，讓他即使滿臉笑意，還是帶有一種莫名的咄咄逼人。

好像是初代市川左團次的第十三次忌日吧？法會在上野的常盤華壇舉辦，伊井蓉峰等人準備了空也念佛[6]，岡鬼太郎和鳥居清忠這兩人共飾仁木一角，表演了《伽羅先代萩》的〈床下〉這一幕戲。之後，荷風兄、小山內兄和我從會場悄悄溜了出來，跑到銀座，也去了春天咖啡館。結果，那天晚上，小山內兄和我先走，把荷風兄留在某個地方。而當時誰都沒料到，這竟成了〈雛眼草〉[7]這篇作品的開端。

生田葵也是個幾乎每晚都會在春天咖啡館出現的常客。我和生田已是老交情，當年我剛進新詩社時就認識了他，那時約莫是二十歲上下吧？生田當時住在離新詩社頗近的千駄谷，已經是個嶄露頭角的小說界新人，〈荷蘭盤〉、〈鳥腸〉、〈白浪〉等作品，都大受好評。他常穿著西裝搭

譯註｜6｜相傳始自日本佛教大師空也上人的一種佛經念誦形式。念經時僧人手持葫蘆、鉦鼓敲打演奏，並一邊跳舞。

譯註｜7｜永井荷風的隨筆作品，講述他曾娶風塵女子「八重」為妻的往事。

紅襯衫到與謝野老師家玩，晶子師母有次當面調侃他，說「生田，前幾天我到府上去拜訪，看到有件脫下的紫紅色袴[8]和服喔。」從這件事看來，生田當時應該已是花名在外。我和生田之間的緣分很奇妙，有段時期我們恰巧都住在鎌倉，我會到他那間位在車站前、鐘錶行二樓的租屋處玩。我曾看過他在火車到站後，匆匆忙忙地穿著單腳木屐奔向車站，只為了要迎接某位日後成為生田夫人的女士。不過，生田常在春天咖啡館出沒的那段期間，同樣是精力充沛，曾春風得意地牽著俄國姊妹花走在街上，姊妹花的名字我倒是不記得了。

井上啞啞是另一位常陪荷風兄到春天咖啡館來的人。據說他曾是帝大德文系的秀才，但當時就已完全看淡世俗，住在深川一帶的後巷雜院，和曾是藝妓的妻子自由戀愛後結為連理，住在遠離俗世的寒酸破屋，過著遊手好閒的日子。啞啞貪杯，我也和他一起喝過三、四回。他那徹底遺世獨立、捨棄一切的處境，反倒令我心生羨慕。記得荷風兄在幾年前發表的〈殘

譯註｜8｜明治時期女高中生的服裝。

冬雜記〉當中，好像也引用了啞啞的一段日記。

如此回顧了「我的青春年代」之後，青春時代的自己竟歷歷在目，讓我莫名地懷念起那些年的光景。

谷崎在《陰翳禮讚》當中曾說：「隨著年紀增長，人似乎就是會沒來由地認定往昔比今日美好。」對照自己的心境之後，我也對這番話深有同感。

然而，所謂的食衣住行，看來似乎會依個人自身的處境而大不相同，看淡世俗並沒有所謂的好壞、優劣。在地爐旁翹著腳啜飲一杯粗茶的生活，也有種令人難以割捨的況味。

此外，我向來都是個宿命論者。自從二十多年前，我在有樂座觀賞了安德列耶夫原著、守田勘和林千歲主演的〈人的一生〉以來，我就不時感覺到，劇中那個會在落幕時如影子般出現，訴說許多暗示性獨白的「灰色之人」，似乎就佇足在我身邊。隨著兩鬢漸白，我也不禁想聽聽這位「灰色之人」對我的餘生有何看法。

「我的青春年代」早已遠去，但我的一生尚未結束。或許現在對我而言，只是一次換幕，卻還不是最後一幕。

◎作者簡介

吉井勇・よしい　いさむ

一八八六—一九六〇

劇作家、小說家，同時也是短歌創作者，有「伯爵歌人」、「祇園歌人」的美稱。東京出生，早稻田大學肄業，擁有伯爵爵位。

吉井勇自一九〇六年起，即陸續在《明星》雜誌上發表短歌，並於一九一〇年出版了第一本短歌集《擺酒慶賀》。一九一五年為戲劇作品〈前夜〉（屠格涅夫原著）當中的歌曲〈鳳尾船之歌〉填詞，大受歡迎。此後積極發表小說、劇本等作品。一九三四年～一九三七年，吉井勇於高知縣香美市鄉間興建了溪鬼莊，並在此度過人生最苦悶的時期。之後，他移居京都，重返文壇，但短歌風格已由過去的唯美轉趨圓融灑脫。

吉井勇於晚年獲選為日本藝術院會員，並為皇室評選新春短歌。現於高知縣設有吉井勇紀念館，京都則有他的歌碑。

銀座街頭

三好達治｜みよし たつじ

我選的這個老位子，位在鳩居堂對面，剛好可以隔著玻璃窗眺望窗外繁華的街道。前面提到的〈回憶〉和〈餐後之歌〉，都不適合今天的我。然而，從這裡眺望無窮無盡、連綿不絕的人流，也是一種欣賞風景的方式。

這個三月底，東京都終究還是決定要讓攤販全都銷聲匿跡。原本曾有過一波請願和簽名連署活動，存廢意見纏鬥交鋒之下，最終還是無力回天。擁攤派大嘆徒然投入大筆金錢，結果根本就是被當傻瓜，看來是大勢已去。就連我這種置身事外的人，剛才都已經聽聞過這番抱怨。我與攤商公會毫無瓜葛，但有兩個朋友是攤商，從他們口中大致聽說了事情的發展。這兩個攤商朋友，其中一個是寫現代詩的詩人，詩風穩健日常，為人很善良；另一個則是積極創作非典型風俗小說的小說家。我的世界很狹隘，但就連我這樣的人，都和他們的同業稍有直接接觸的機會，可見我們平常所謂的攤商，涵括的範圍可能是相當於一個地方大城的規模。根據朋友的說法，包含攤商及其家人在內的總人數，據說粗估有十萬人。這種數字多半有些誇大，但不論如何，至少不是個小數目。據傳官方認為攤販會防礙交通和消防救災，有損市容美觀，所以才會下達這次的掃蕩禁令。原來如此，聽了這套說詞之後，我才知道看似粗暴的措施，原來也有這麼了不起的、極具計畫性的理由，所以現在我們眼前看來不覺有異的街頭風景，的確不得不說它是一種畸形的狀態。就攤販存廢這件事而言，我並未抱持著偏向為政者方的意見。我想著我那兩個朋友——賣雜貨的詩人和賣舊書的小說家，如今恐怕多少得要熬過一些困難，就覺得很憐憫他們的遭遇。此外，我光是想像前面所說的那十萬人要如何在這個大都會中遷徙，想像他們的困擾和千頭萬緒，不免多少感到慘澹絕望。不過話雖如此，我倒也沒有打算擁護維持現狀派。再怎麼說，當今世上，混亂到處蔓延，而原本該是社會生活支柱、根基的秩序與和諧，顯得極其軟弱無力。——政府認為這些事反正遲早都必須整頓，就先從整頓市容、禁止攤販擺攤開始做起，但這種出手整治的順序真的合理嗎？照這個邏輯，那出現在那個鬧區裡的國民車，政府何時才要讓它們銷聲匿跡？

* * *

當年我還在求學時，算起來距離現在已經是二十多年前，那時白天的銀座街上不像現在這麼熙來攘往，人行道上空空盪盪，紙屑隨地亂飛。華燈初上之際，攤販才開始陸續到齊，但也僅止於松坂屋這一邊，千疋屋那一頭過去之後，看起來彷彿是另一個世界。攤販架好攤子，撐起屋頂，擺出商品，點起燈火——當整排攤販都像這樣搭起棚架之際，天色才完全暗了下來。找間位在二樓的咖啡館往下望，這一段從薄暮冥冥轉成夜幕低垂的時光推移，有種莫名的奇妙況味。我們指示店員送上新的咖啡，一邊想著自己還真有辦法在窗邊忘我地閒聊這麼久。當年，我們眼中看到的攤販，絲毫沒有破壞市容美觀，或許還讓我們不由自主地想起了令人懷念的廟會夜晚，或是散發著濃濃乙炔[1]味的廟前夜市。如果這時又在窗邊偷偷想起了北原白秋的〈回憶〉或木下杢太郎的〈餐後之歌〉，也算是符合當

譯註｜1｜早期擺攤多用乙炔燈照明。

下的氣氛。雖然我也有些朋友會用極為慎重其事的態度和服裝在此出沒，例如前幾年過世的武田麟太郎，但他們其實內心多半都帶著幾分天真無邪的雅痞瘋狂。當時世間稱不上是全然的寧靜詳和，危機即將降臨，但銀座街頭的黃昏，的確還有著充滿都會氣息的和煦暮靄，尚未失去它的優美和況味。即使在三、五輛喧鬧的消防車呼嘯而過的街道上，也是如此……

那種所謂的況味，是大都會鬧區特有的氛圍，因此我至今仍打從心底愛著「銀座」這個名字，毫不退縮。到銀座辦完正事之後，我總會一再地想到這駢肩雜遝的大街小巷探訪，從不厭倦。現在的我，並不會想特別挑在上午、下午、傍晚、入夜、二更等時刻前往銀座。我總是信步亂走，一不留神就被捲入人潮中，在人行道上隨波逐流一段時間。我偶爾才需要買東西，也不是常和人相約見面、或有其他事要辦，因此不久後又會被從人群中擠出去到某處。如此無趣的散步，總會讓我在二、三十分鐘後覺得內心落寞不已。現在，這已成了我自己渾然不覺奇怪的習慣。

* * *

獅子咖啡館（Café Lion）究竟是何時創設的？我沒有研究癖好，不打算仔細考究。總之我對它最早的記憶，是位在銀座四丁目的這一帶。對面原本有家名叫老虎（Café Tiger）的咖啡館，曾一度與永井荷風的名字連在一起，相當知名，如今也已消失無蹤。而「獅子」雖然名號依舊，我幾次離開東京，隔一段時間再回來時，這家店幾乎每次都會改頭換面，目前則是一家啤酒屋。現在不是喝啤酒的季節，亦非用餐時段，啤酒屋裡門可羅雀、冷冷清清，再加上它寬敞明亮，乾淨整潔，是最適合在這種時段消磨時間的好去處，我還可以選擇坐在我的老位子。我選的這個老位子，位在鳩居堂對面，剛好可以隔著玻璃窗眺望窗外繁華的街道。前面提到的〈回憶〉和〈餐後之歌〉，都不適合今天的我。然而，從這裡眺望無窮無盡、連綿不絕的人流，也是一種欣賞風景的方式。我已不是因為都會況味而欣喜，它不是那麼詩意的東西。話說回來，近來風俗小說家怎麼都寫那麼拙劣、無趣的作品？我才不想被迫讀那種文章，寧可選擇來看看這裡的景物。我還不像波特萊爾那樣，會在群眾面前偷偷享受孤獨。我在這裡會比平常更頹廢，更接近茫然若失的狀態。

* * *

我茫茫然地望著一個長方型的窗，宛如它是一個螢幕。群眾只是個不重要的東西，但望著他們，就彷彿他們正在一筆一筆描繪出一個真實的命運，或是在為我描繪出一個幻影。例如有個公事包經過，一個出色的新包，它本來是受人的意志擺佈，但沒想到風一吹，它就會像絲瓜一樣搖晃。接著又有一雙高跟鞋，帶著一件下襬輕盈的外套走過，步履既快又俐落，換言之就是俐落地走過。布勞森外套則擺出了若有所思的表情，是個有張性格臉龐的美男子，百無聊賴的顧盼，是出自他的不小心。兩位女助理一年到頭都在閒聊。下一位根本就是在消磨時間，以自己的長相為傲，步履緩慢。這樣看下來，就會發現這種驕傲自大的人，竟然還真不在少數。邊讀著報紙邊走下地鐵站的人，儀表看來相貌堂堂，卻是個讓人完全摸不著頭緒的人物，戴著皮手套，手拿洋傘，步調緩慢，搞不懂這是什麼打扮。有個看似凡事精明算計的禿子，模樣活像是二十年前的大叔。貝雷帽跑進了地鐵站，應該是報社的雜工吧？她背著嬰孩，外面罩著一件包被，包被底下隱約露出裙子。這是最近的一種流行。——我瀏覽的是不斷交替轉換的無語表情和雜然紛呈的服裝，它們是快速流轉、沒有章法的影像，但即使沒有章法，總讓人覺得它們想暗示一個輪廓、一個模糊的意義，所以才顯得奧妙。這些暗示是幻影，一切都取決於接收到暗示的人怎麼想，但就算是幻影，不也是一種現實嗎？即使是高掛蒼穹的彩虹，看起來就像只有一個固定的角度。

我究竟是在看什麼呢？人影從玻璃窗上滑過，在人影的彼端，隔著電車軌道的另一端，攤販的背面排成一列。各攤的背面都統一掛上了段染布，櫛比鱗次地排在一起，連縫隙都沒有。除了背面之外，屋頂、屋簷和遮風簾，都用了相同的帷幔。這些是統一的帳蓬，顏色相同，布料相同，尺寸也相同。軍隊行軍時所帶的帳蓬，像是紛紛飄流過來似的聚集於此，蓋起了營舍。若要說這是軍國主義的遺產，的確就是如此。這些帳篷密密麻麻，毫無縫隙地接連排在一起，證明了在攤販的世界裡，也同樣人口過剩，以往擺攤的空間還稍微寬敞一點。當時的市容比現在更氣派，但也沒人說過攤販會妨礙市容美觀。如今市區的建築顯得遠比以往廉價、寒酸、又粗俗許多，反而說攤販有礙市容美觀，說不定是那些帳蓬惹的禍。

說到戰敗的象徵，那些包著舊帳篷的攤子的確是其中之一。而隔著那些帳篷的另一端，可以看到鳩居堂的屋頂上，架設了某某電燈的廣告燈飾，說起來那不也是個戰敗的象徵嗎？我並不打算嘲諷知名老字號開始讓人架設廣告燈飾這件事，因為就當今時局而言，地上的人行道其實比屋頂上更加混沌不明，錯綜複雜。

＊　＊　＊

戰後的混亂動盪，不會那麼輕易就平息。這場驚天動地的混亂，若還要慢慢重新恢復到原本的樣貌，實在是教人完全無法冷靜，若不試著整體性的大步向前邁進，不試著即使置身五萬里霧之中仍向前邁進，那就整理不出任何頭緒。前路迢迢，未來誰都無法預測。

那麼這世上究竟有什麼地方出現了些許的改變，或正要開始改變呢？事到如今，我的雙眼已不再像以前一樣，擁有敢於夢想的力量。我張開這雙眼，癡癡地望著啤酒屋的天花板。梶井基次郎曾說過，即使是冬天，獅子咖啡館的天花板上都還是會有蒼蠅飛舞。這一天，那些大正蒼蠅也在我的眼前停了下來。從窗外走過的那些行人，他們為我帶來的幻影上，也出現了大正蒼蠅。這世上的確什麼都沒變，也沒有什麼事情正在醞釀改變，這裡有個東西失去了靈魂。這世上或許出乎意料地安靜。我帶著這股既非驚訝、也非忐忑的心情，走出了店外。

＊　＊　＊

不過，就只有一件事完全變了，那就是女性的服裝。——服裝固然也變了，但更徹底改變的，應該是她們對色彩的意識。這一點的確變了，完完全全地變了。前進！前進！未來當然還會再出現一些變化，但總之是不會再回到原點了。日本女人所失去的，或許就只有這麼一個虛無飄渺的喜好。她們所失去的喜好，其實只是很表相、很膚淺的東西。對比今昔，這個事實豈不是已昭然若揭了嗎？我對於這些失去的東西毫無惋惜之情。何況事到如今才對這些既不是日本女人傳統本質的意識、也不是喜好的東西覺得留戀不捨，未免太過可笑。我可以認同，今天這些自由的年輕女性，不管是不是在無意識的情況下，被可憐職業婦女的感召牽動，她們會捨棄自己的喜好，選擇俗豔的原色，一定有什麼想當然爾的理由。這是件好事。或許這是一種反抗的象徵，願意試著反抗到受挫跌倒，是件好事。至於要體悟到自己究竟是想反抗什麼，又是之後的事了。或許一切最好都留待日後再談。我只是肯定她們在那幼稚俗豔的原色中所展現的勇氣。就去試試看吧！我無從知道那些俗豔的原色是不是適合粗短型的蘿蔔腿，她們也無從知道，誰都不知道。正因如此，現階段應該是會很有意思吧。

＊　＊　＊

街上行人的服裝，俗豔地映入眼簾。前面提過，即使變得再更俗豔也無妨。然而，前面也稍微提到，日本東京的銀座街頭完全沒有新的改變，也並沒有變得更朝氣蓬勃、活絡熱鬧（除了它的擁擠之外）。街頭是個互相反射映照的場域，因此很自然地就成為空虛的、過多的念頭氾濫錯雜的遊樂場。這樣很好，這樣的確也不錯，但我們也希望街頭能有點風格，有點細微的差異，有點風情。這才稱得上是大都會的鬧區，不是嗎？這一點男女都一樣，即使是街頭心態這種暫時性的心態，是否也該有點芬芳、深度，有點稚氣的幽默、有點機靈？有時在新聞電影[2]的片段中可以感受到的事物，在東京的銀座卻絲毫感受不到。不只完全感受不到，人行道上竟然還充斥著厚顏無恥、驕傲自大，以及過度獨善其身的想法。簡而言之，豈不就是個粗鄙吵嚷的長舌婦嗎？若說這就是因為街頭巷尾充斥著對原色的反抗，那我可就要煩惱了。我就這樣陷入了前後矛盾，提不出結論。

譯註｜2｜傳播並解說時事的一種短篇電影，在電影院播映。

*　*　*

我為什麼會像一隻迷途的鳥，又來到這裡遊蕩呢？好歹要覺得這樣的自己有點傻吧？不，這樣就是很傻。有一次，我一邊閃躲著在街上穿梭的汽車，一邊從銀座大街的電車軌道上眺望遠處，萬般無奈地有了這個念頭。攤販的帳篷在霧靄繚繞中，連綿至舉目所及之處。交通警察的哨音響起，傳至遠處，四下的風景瞬間顯得落寞寂寥。不，今天不也一樣地駢肩雜遝嗎？我空洞的雙眼，眺望著眼前的景物，落寞寂寥卻縈繞心間，久久不散。

永別了！這些宛如略顯髒污的馬戲團似的……

對了，這些帳篷即將從銀座消失，日後應該是要改到某個鄉下小鎮，成為馬戲團的屋頂吧？這樣一來，走唱樂隊的笛音和鼓聲，應該就會迎風飽滿地傳響，呈現出帳篷演奏該有的風格吧。

◎作者簡介

三好達治・みよし たつじ

一九〇〇—一九六四

詩人、法文譯者，也是文學評論家。三好達治出生於大阪，少時因家中經濟困窘，於是國中中輟後轉入大阪陸軍幼年學校就讀，後於就讀陸軍士官學校期間逃學，遭退學處分，才又轉入第三高等學校，並於畢業後考取東京帝國大學法文系。

三好達治自第三高等學校時代即開始創作詩，亦於大學時成為詩人萩原朔太郎的弟子。大學畢業後，懷才不遇、情場失意的他，先是著手翻譯了波特萊爾（Charles Pierre Baudelaire）的散文詩集《巴黎的憂鬱》，至一九三〇年才出版個人的第一本詩集《測量船》。之後他積極發表詩作，出版了十多本詩集，被譽為昭和時期最具代表性的古典派詩人。他的作品充滿知性，譬喻精當，〈雪〉、〈大阿蘇〉等作品，皆收錄在日本國中小等各級學校教科書中，成為許多日本學子共通的記憶。

大阪發現

織田作之助｜おだ さくのすけ

總之那裡賣的蜜豆寒天與眾不同，上面會加刨細的冰，再淋上色澤如汽車輪軸用的潤滑油，但口味甜而不膩的糖蜜，滋味好極了。所以我三天兩頭就會跑到「月之瀨」，極其倉皇失措地承受女孩們那彷彿在說著「那個人是怎麼回事？明明是個大男人還跑來這裡，真是個怪人，討厭死了！」的眼神。

一

有一對夫妻，一年到頭都在吵架。要是他們感情如膠似漆，那倒也罷，偏偏這對夫妻關係很疏遠，從不曾連袂出門，彼此就是看對方不順眼。偶爾這個老公請老婆幫忙搥背，老婆總會站在老公身後大動拳腳，不只讓在前面看熱鬧的女孩們捧腹大笑，到最後這位太太甚至還會用力打先生的頭，兩人於是又會為此而開始吵起架來。這樣吵吵鬧鬧過了十年，家族裡的兄嫂擔心兩人再這樣下去不知道會怎麼樣，被街坊鄰居知道了也不光彩，更何況她還聽說「夫妻爭吵，缺錢到老」。有一天，兄嫂便把這位太太找來，對她好言相勸了一番，還拿了二十圓，要她去買點焙焦的藥材[1]。

兄嫂特別交待藥材要貴的才有效。而收下了二十圓的太太，不知該說是心癢難耐，還是該說笨，總之一轉眼就把這筆錢給花掉了。然而，不知是對兄嫂覺得歉疚，還是想一嘗鶼鰈情深的滋味，這位太太去了一趟位在

譯註｜1｜古代日本認為焙焦的中藥材具各種不同療效。到了江戶時代，焙焦的蠑螈更被視為一種媚藥，相傳只要對男性對女性使用焙焦的蠑螈，女性就會不由自主地愛上對方。

高津的焙製藥材行。

高津神社素以湯豆腐店而聞名。這附近有許多藥材行，正門前的街邊有「從古到今都因有效而廣受愛用的七福日枝藥」專賣店，後門前的街邊則有兩家焙製藥材行。元祖本家焙製藥材行「津田焙藥行」和焙製藥材一應俱全的「黑津焙藥總本店鳥屋市兵衛本舖」，兩家比鄰而居，讓人搞不清楚究竟哪一家是焙藥始祖。不過兩家都有賣包括蠑螈在內的各種焙製藥材，舉凡虎掌、錦蛇、鳳螺、蠑螺、澤蟹、山豬肝、蟬殼、鱉頭、鼴鼠、牛齒、蓮藕、茄子、蜜桃、南天竹等都有。這位太太走進其中一家店低矮的屋簷前，找了個冠冕堂皇的藉口，說家裡小孩完全不親近女人，買了一對公母蠑螈。

回程途中，太太在二井戶的下大和橋東側買了三色外郎糕[2]，又在對面的魚板店買了醋漬鰻魚頭和鱈寶魚板當晚餐的菜色，才回到下寺町。回家後她立刻偷偷地把一隻蠑螈縫在老公的兜襠布上，另一隻則是自己隨身

譯註｜2｜日本傳統點心，是一種蒸的甜糕粿。

攜帶。

近來我莫名地迷上了服用市售的維他命C和B，因此對焙焦蠑螈的功效不免多所懷疑。不過，我還是試圖為它的效果注入一些心理上的根據。既然是感情不睦的夫妻，只要相信、或期待這種東西會見效，就會把另一半無心的動作，誤以為是迷戀自己的證據，連帶讓當事人自己也受到影響。

至於那位大阪太太究竟是不是如此，我不得而知。不過我倒是時常看到她出現在戎橋的紅豆湯舖「月之瀨」，臉上帶著忿忿不平的表情。她到處對別人訴說她的廉價奢華行程。她說自己會出現在「月之瀨」，多半都是和老公吵架的時候。這種盛怒之際，非得要來「月之瀨」，吃一碗栗子紅豆湯、喝一碗鹹湯，再吞下萩餅[3]才能消氣。

「月之瀨」這家紅豆湯舖，位在從戎橋的電車站往難波方向的派出所隔壁，以往是大阪太太們偷閒休息的地方，如今則有大阪的時尚女孩

譯註｜3｜將半搗碎的糯米搓成橢圓球，外面裹上紅豆餡或黃豆粉的日本點心。

們大舉湧入，宛如在開女中同學會似的。專櫃小姐們或許是因為身體疲憊，想攝取一些糖分，所以每逢百貨公司打烊，便會擠得店裡水洩不通，令人瞠目結舌。無數的赤裸玉腿，或飽滿地包裹在巧克力色襪子下的美足，紛紛被擠出到店家藍色的門簾外。而剛才的那位太太總會一臉不悅，混雜在這些年輕女孩之中，睜大眼站著張望四下，開口問道：「還有沒有空位呀？」我其實也很喜歡那裡的蜜豆寒天。這樣說實在是太過隨便，總之那裡賣的蜜豆寒天與眾不同，上面會加刨細的冰，再淋上色澤如汽車輪軸用的潤滑油，但口味甜而不膩的糖蜜，滋味好極了。所以我三天兩頭就會跑到「月之瀨」，極其倉皇失措地承受女孩們那彷彿在說著「那個人是怎麼回事？明明是個大男人還跑來這裡，真是個怪人，討厭死了！」的眼神。

五年前，也就是在我二十三歲時，曾帶著當時我很疼愛的一位女孩K，滿心歡喜地去了「月之瀨」。一進店裡，女孩K就點了蜜豆寒天，我則是悠哉地端詳了一下菜單，看到「茶泡飯」這幾個字映入眼簾，突然覺得餓了起來，便點了茶泡飯。我把K說的「真是個討厭鬼」當耳邊風，嚥著口水等著茶泡飯送上桌。終於盼到店員說「讓您久等了」，並把餐點擺在我面前那一刻，我不禁「啊」的叫了一聲，羞紅了臉。怎麼可能？這不是飯桶嗎？而且還是個像是在文樂人偶劇[4]裡用的小巧飯桶。環顧四周，比鄰而坐的年輕女孩們個個都吃著紅豆泥湯或紅豆湯等極為普通、極為適合在這家店享用的餐點，唯獨我一個人在眾多年輕女孩面前，像扮家家酒似的和眼前的飯桶相望，讓我不禁害羞了起來，甚至還聽得到她們的竊竊笑聲。K雖然不至於發笑，但臉色凝重，露出「我討厭這樣啦！」的表情。不過，我還是鼓起勇氣，從飯桶裡盛飯出來吃。不知怎麼搞的，我竟從容地吃下了四碗飯，還喝了茶、剔了牙，真不知道該說是年輕氣盛，還是厚顏無恥。不論如何，整個場面瞬間情調盡失，K怒氣沖天，原本應該很有看頭的戀情，也因此宣告無疾而終。然而，至今我仍覺得「月之瀨」

譯註｜4｜日本的傳統戲曲表演形式之一，每個木偶皆由三人共同操縱。

的茶泡飯令人回味無窮。那附近的小巷裡有間「樹果」，每當我到那裡去吃花椒烤牛肉、炒烏龍麵、或奶油西洋芹炒豬肝時，三次就會有一次興起想嘗嘗茶泡飯的念頭。這倒不是因為茶泡飯的口味有多好，而是在紅豆湯鋪賣茶泡飯，和像文樂人偶戲用的小巧飯桶，讓我莫名地感到一股大阪的況味。

雖然茶泡飯成了我當年失戀的直接原因，但其實還有一個因素，就是那時K有個女性朋友「阿龜小姐」，才看過我一眼，就對K大肆批評，說我「什麼嘛！這個人長相普通，不仔細看的話，還覺得他長得畏首畏尾的呢！妳說他讀過一點書，我看他應該一點生活能力都沒有吧？」這位「阿龜小姐」在某家百貨公司的領帶部門工作，從以前就常隨口說「我喜歡像鶴一樣的人，不喜歡那些脖子短得像烏龜似的傢伙。因為烏龜借了錢之後，頭寸就軋不過來了[5]。」之類，讓人莫名其妙的話，我為了報失戀的一箭之仇，便幫她取了「阿龜小姐」這個綽號。「阿龜小姐」當時雖然

譯註｜5｜在日文當中，「脖子轉不動」有「頭寸軋不過來」之意。

在百貨公司工作，但因為她的父親很貪財，好幾次都想把她賣去當藝妓。也許是因為我帶著這樣的有色眼鏡看她，所以即使我覺得她那往右下傾斜、看似不太平衡的體態略帶女人味，但她那厚軟的下唇，嘴唇正中間抹點紅的拙劣化妝手法，還有胸部下垂的模樣，都讓我不禁暗自想像她結婚後一定生一窩孩子，得拉開夏季和服的領口，用兩邊的乳房給兩個嬰兒餵奶。不久後，我聽說「阿龜小姐」結了婚，但從那之後就沒再見過她了。沒想到，最近我在千日前的自安寺裡，見到了睽違五年的「阿龜小姐」。

我孤陋寡聞，直到最近才聽說千日前的自安寺裡有石頭地藏。這尊石頭地藏名叫淨行大菩薩，安奉在寺內深處的洗心殿裡。據說患有眼疾的人，只要在這尊地藏眼睛澆水，再拿鬃刷刷洗，眼疾就會痊癒；腳不好的人，只要為佛像洗腳，宿疾就會康復。聽起來或許很傻，但因為祂很靈驗，因此石地藏身上一年到頭都是濕的。水垢染紅了佛像的脖頸，五官還磨損得面目全非，甚至胸口附近也都殘破不堪。聽 F 說，這裡不時會有穿洋裝的年輕女孩前來參拜，我覺得有股莫名的吸引力，所以不管有事沒事，只要來到千日前，就一定會進到這座寺廟裡，到地藏菩薩面前逛逛、繞繞。有一天，我看到一個穿洋裝的女人，在地藏胸前澆了好幾次水，還用鬃刷刷了又刷。一瞧她的臉，才發現竟然是「阿龜小姐」。

她以往因為父親喜好的關係，堅決不作西式打扮，但現在是夏天，所以她也穿著西式服裝。各位猜得沒錯，她身上穿的是寬鬆的棉質居家洋裝，而且布料滑溜，就是黑門市場的流動攤販會攤開在街邊賣的那種府綢質料，頭上還戴著賽璐珞塑膠的髮箍，模樣就像個街頭巷尾常見的太太。我看到瘦骨嶙峋、臉色蒼白的她，刷洗著佛像的胸前，便猜想她會不會是得了肺病。後來「阿龜小姐」看到我，反應相當誇張，好像被我發現了什麼見不得光的事情似的。她說再過幾天就是土用丑日[6]，要請自安寺幫家裡的孩子封蟲[7]。我心裡只祈求「阿龜小姐」的老公千萬不要是個穿白色雙排扣西裝，打紅領帶，胸口放藍色口袋巾，還梳著一頭飛機頭的那種男

譯註｜6｜進入立秋前的十八天期間，日本人稱為之夏季的「土用」，而進入土用之後碰上的第一個丑日（日本古代以十二地支計算日期），就是土用丑日。

譯註｜7｜日本民間信仰認為嬰幼兒體內有癇蟲作祟，才會導致孩子夜啼、腹痛或情緒不穩，需到寺廟裡進行封蟲儀式，以求家中小孩身心健康，功能類似收驚。

人，一邊走出了自安寺的紅磚後門。原來這裡就是「伊呂波牛肉店」的那條小巷。小餐館「市丸」的對面，左邊是一家叫「大天狗」的按摩店，在天花板偏低的二樓，有五、六個按摩師傅在為彼此揉捏著身體；右邊則是一家牙醫診所。

那一家牙醫診所已相當老舊，二樓雖有一些治療儀器，但全都黑黑舊舊；又因為天花板低，儀器上端幾乎就快要頂到天花板。我猜醫生可能得要彎著腰看診，而且還不時會撞到頭吧。如果沒掛招牌，恐怕誰也沒料到在這種後巷的破舊大雜院裡，竟然還會有牙科診所吧？看到屋簷下放了六、七個盆栽，讓我想起了雁治郎橫丁。雁治郎橫丁是位在千日前歌舞伎座旁的幾條小巷，巷內餐館林立。那裡也有些像是被遺忘的房舍，二樓的天花板很低，緊閉的木格窗，讓人看來覺得很悶熱。二井戶的岩粔籹[8]店，二樓也有鐵格窗，長期住在店裡學藝的小學徒彎著身子，無精打彩地縫補著衣服。這樣的光景為什麼總是特別吸引我？我實在說不出一個明確的理

譯註｜8｜以搗碎米粒製成的米果點心，外型類似米香。

由，但我很確定自己從中感受到一種「日常生活的悲哀」。這些討生活的日常的確令人感到無奈、悲哀，卻蘊藏了某種韌性。我姑且不去論斷它是不是大阪的傳統，但看到日本橋筋四丁目的一群舊貨攤商「五會」，竟連足袋暗鉤[9]的其中一片都有賣，更讓我感到大阪那股悲哀的鄉愁。

我待在東京那段日子，經常想起法善寺橫丁的「夫婦善哉」紅豆湯舖。從道頓堀延伸出來的食傷大街，和從千日前延伸出來的落語席大街交叉口，掛著一個寫有「夫婦善哉」的大燈籠，燈籠旁有個玻璃盒，老舊的多福人偶，笑瞇瞇地端坐在盒子裡那盞十燭光的燈泡下。穿過門簾，在棋盤狀的榻榻米上坐下，點一碗紅豆湯，店家就會送上盛裝在扁平小碗裡的紅豆湯，一份兩碗。這就是所謂的「夫婦善哉」。它或許原本只是生意腦筋動得快的大阪人，想出了這個裝在兩個小碗裡的方法，好讓紅豆湯看起來比一大碗的份量更多。但當我聽到店名命名的原由，是因為在明治初年時，店東本來是位替文樂拉三味線伴奏的樂師，後來由於本業無法維生，

譯註｜9｜搭配和服的一種分指襪，以腳後跟上暗鉤固定。每一組暗鉤應有兩片。

才開了這家紅豆湯舖，取名為「夫婦善哉[10]」，令人莫名地興起一股懷念。

戎橋SOGO百貨旁的「汁市」，又是另一個大阪的鄉愁。「汁市」是一家小店，賣的是用白味噌煮成的濃稠湯品，除了湯之外，它既不賣飯也不賣酒，只單賣一味，是一家令人摸不著頭緒的餐館。不過，這碗湯可依客人需求，加入泥鰍、鯨魚皮、馬加魚、松原平鮋、花枝、章魚或其他香料、食材。除了這些海鮮之外，湯裡一定都會有牛蒡削片，簡直是一碗無法言喻的美味。我一邊欣喜著它的口味多年不變，一邊在盛夏酷暑中，吹著滾燙的湯品，還連喝了三碗。我粗略計算了一下，這家小巧的店裡，包括只坐到半張椅子、半個屁股懸在半空中的客人，和站著等候的客人在內，總共約有二十五個人。最令人訝異的是，其中還有許多是身穿開襟襯衫、貌似菁英份子的上班族。他們用著優雅的嗓音，說出「老闆，我要鯨魚的」，或是「幫我加泥鰍」等點餐內容，在這摩肩擦踵的空間裡，屈著身子，拿著筷子，帶著滿臉凝重的表情，等待餐點上桌。偶爾他們也會不

譯註｜10｜「善哉」的日文與「紅豆湯」（zenzai）同音。

經意地瞄一下門簾彼端熙來攘往的女士玉腿，但只要湯一上桌，他們就會心無旁騖地認真喝湯，彷彿要把整張臉都塞進碗裡去似的。

這裡和咖啡館或餐廳那種輕浮的前衛格調不同，有著沁人心脾的沉穩和錯綜複雜的況味。看到這裡，我在想那些年輕的社會菁英，是否在眼花撩亂、雜沓紛擾的現代社會裡，失去了靈魂的依靠，所以縱然只是暫時，也要把這裡當成一個靈魂的依歸，啜飲一碗熱得幾乎要燙傷舌頭的白味噌湯。再更仔細想想，或許我們可以這樣說：必須從這種粗茶淡飯之中找尋靈魂依歸，是現代菁英們的悲哀，也是大阪蘊含的一種莫名樂趣吧。

在將屆土用的溽暑裡，喝下了三碗熱湯的我，全身上下汗流浹背，對著轉速像是還沒睡醒的電風扇，任風吹拂。這讓我想起以前在千日前的常磐座裡，那座趁著電影空檔轉動，噪音震耳欲聾的二十吋大電扇；以及掛在公共澡堂天花板上，嗡嗡作響的大吊扇。走出「汁市」之後，我穿過戎橋，經過御堂筋，朝著位在四橋的文樂座走去。

譯註｜11｜人偶戲「淨琉璃」當中負責說唱者。
譯註｜12｜小出楢重（1887-1931）是日本的西畫家，晚年以裸女為創作主題。

三味線「噹噹」響起，讓人聯想到低沉哀怨的曲調。太夫[11]穩穩地壓住放在腹部的木台，發出低吟。昔日小出楢重[12]曾說過「大阪人在吟詠淨琉璃時，看起來最精明幹練」，描述的就是這種低吟聲。接著，文五郎[13]滿懷感情地帶著人偶出現在舞台上的當下，我不禁心想：「啊！這就是大阪！」而我認為最有大阪特色的，就是這些文樂的藝人們，不管從他們是嘔心瀝血地精進表演功力的精神也好，或是成了對文樂以外毫無興趣的傻子，一心鑽研文樂的生活態度來看也罷，都因為他們在大阪是非常與眾不同、屈指可數的幾位表演者，也因為他們要讓世人知道，這麼傻氣的努力，才是帶領他們的演技更趨出神入化的康莊大道。

二

如果對大阪很陌生的人，要我介紹最具大阪風情的地方，我就會帶他

譯註｜13｜吉田文五郎是人偶淨琉璃界的操偶師名號，這裡指的應該是本名「河村巳之助」的第四代（也有人說是第三代）吉田文五郎。

到法善寺去。

要是對方聽到要去寺院，便心生猶豫的話，我就會說：「那淺草寺不也是寺院嗎？」」換句話說，如果淺草寺是「東京的門面」，那法善寺就是「大阪的門面」了。

法善寺的特色實在是很難一語道盡。也就是說，它是間很複雜的寺院。而要說明「很複雜」這個大阪用詞，也相當地麻煩。因此，世上最難說明的，莫過於法善寺的特色了。

舉例來說，法善寺雖位在千日前，卻有五個入口。從千日前（更精確地說，是從千日前通往道頓堀筋的那條路上）就有兩個入口，從道頓堀有一個入口，從難波新地則有兩個入口。不管要哪個入口進，哪個入口出，皆任君選擇。香客可依照來訪的目的，或地理上的方便與否，自由決定如何出入，沒有人會說三道四。

不過，既然它叫「寺」，當然就有正式的大門。從千日前往道頓堀筋的那條路上，差不多剛好半路的地方，有留聲機店和舶來品店，法善寺的正門就在這兩家店之間。

跨過正門的石門檻，踏進寺內一步之後，有種地面往下滑落的感覺。或許是因為跨過門檻的關係，又或者是我們被吸進法善寺的魔法披風裡那一刻，所產生的一道錯覺。若是晚上造訪，那可能是因為千日前周邊的燈火通明，到了這裡突然為之一變，轉為幽暗無光的關係。不論如何，總之就是一種很複雜的錯覺。

再往寺院深處走，環境會變得更為複雜。這裡簡直就是個神佛的百貨公司，信仰的盛行地區，迷信的溫床。例如寺裡供奉著觀世音，也有歡喜天、辯財天，還有稻荷大明神，亦有弘法大師，更有不動明王，簡直就是包山包海。只要來到這裡，大概信什麼都有得拜，只差沒有基督教和天理教而已。至於哪尊神佛安奉在何處，拜了哪個神會有什麼用，這些我們就不懂了。

不過，她們倒是清楚得很。所謂的「她們」，就是在這附近工作的女人們。梳丸髷髮型的女服務生，燙了一頭捲髮的職業婦女，頂著西式髮型、髮量蓬多的娼妓，穿著厚底中空木屐的見習藝妓，還有銀杏返、或島田髷造型的藝妓們……。她們腳踩厚底木屐，身穿大衣，口中唸唸有詞地祈求著。即使碰到雨天也不間斷。

光是照本宣科地祈求參拜，滿足不了她們，畢竟信仰需要以形式來呈現。因此，在不動明王前面有一口井，井裡的水被稱為「洗心水」。女人們會在這裡幫不動明王的金身澆水，說是要「洗滌污穢的心靈」。數十年如一日，每天都被澆水的不動明王，金身上總是長著綠色的苔蘚，或應該說祂從不曾乾燥過，就像燈火常明不滅似的。

澆完水之後，她們總算要求籤了。哎呀？抽到「下下籤」了。

這倒不必緊張。寺院裡有一隻石狐狸，嘴上有個縫隙。萬一抽到下下籤，把籤詩綁在那個縫隙，就能逢凶化吉。

「請保佑我逢凶化吉！」

這個用心祈求的女人面前有功德箱，頭上有信眾捐獻的燈籠，四周還飄散著線香味。這就能安撫愚傻的女人心，以及女人的表情。

這樣一來總算可以放心了。既然如此，那就去「夫婦善哉」吃點東西吧！

大阪人貪嘴愛吃的欲望，恐怕其他任何事都很難比得上。現在已經改變不少，早期大阪人只要一出門，就一定得吃個什麼才會回家。所以，法善寺周邊也有餐館，不，不只是「有」，而是整個法善寺周邊就是餐館。俗稱「法善寺橫丁」的巷弄內，簡直就是美食街。在這些三人並肩走路已嫌太窄的巷弄兩側，幾乎都是飯館食肆。

在這些飯館食肆當中，最有名的就屬「夫婦善哉」了。它位在道頓堀延伸而來的小巷，和千日前——難波新地的交叉口，是個三角窗店面。店門口有個玻璃櫥窗，裡面坐著老舊的阿多福人偶。它們恐怕是從德川時代起，就一直坐在這裡了吧？燻黑得有些詭異的人偶，略顯擁擠地坐在店門前，一刻不得閒地招攬著客人。它的旁邊，則是掛著一個大燈籠，上面寫著「夫婦善哉」。

走進店裡，點了紅豆湯之後，店家就會用淺淺的湯碗，送上兩碗紅豆湯。這裡賣的紅豆湯是兩碗一份，而將這樣的商品命名為「夫婦」，很有大阪下町商圈的風格。此外，在門口擺放著大型的阿多福人偶，也頗富大阪式的幽默。表情複雜的阿多福人偶，並不單只是「夫婦善哉」這家店的招牌，更是法善寺的主子，同時也是大阪幽默的象徵。

大阪人熱愛幽默，理解幽默，也創造幽默。例如在法善寺的「夫婦善哉」旁，有一家名叫「花月」的寄席[14]。當年我小時候，黑臉的初代春團治總會在那裡口沫橫飛地講些複雜的故事，逗得船場[15]大小姐們笑得合不攏嘴。如今，同樣有位黑臉的煙達[16]，讓花月一年到頭高朋滿座。花月的表演散場後，如果要想想回程路上能到哪裡去逛逛的話，還有「正辯丹吾

譯註｜14｜演出日本落語、漫才等大眾娛樂表演的場館。

譯註｜15｜昔日是大阪商業活動的心臟地帶。

譯註｜16｜橫山煙達（1896-1971）是大正、昭和時期紅極一時的諧星，搭檔是花菱阿茶古。

譯註｜17｜「正辯丹吾」和「水肥桶」的日文為諧音。

亭」。它位在千日前——難波新地的小巷西側邊陲，而「正辯丹吾亭」這個複雜的名字，自然而然會讓人聯想到水肥桶[17]。這裡過去的確曾有過水肥桶，如今也並非完全沒有。會取這樣的店名，的確是很有法善寺、或該說是有大阪的風格，但偏偏這裡的關東煮極為美味，不愧為食都大阪。幾杯黃湯下肚，醺然暢快之際，再往西行，穿出小巷，就來到了難波新地。這裡已不屬於法善寺的範圍。前方映入眼簾的，是心齋橋筋的燈光洪流。當大阪人厭倦都會裡這一波波的燈光洪流時，他們會再重新回歸的地方，就是法善寺。

◎作者簡介

織田作之助・おだ さくのすけ

一九一三—一九四七

小說家，暱稱「織田作」。一九一三年十月二十六日出生於大阪，一九三八年發表小說〈雨〉備受同鄉前輩作家武田麟太郎（一九〇四—一九四六）注目，隔年發表〈俗臭〉獲芥川賞候補，一九四〇年以短篇小說〈夫婦善哉〉獲改造社第一回文藝推薦作品受賞，於文壇取得一席之地。擅以平民化方言寫大阪庶民生活，戰後，以敏銳的觀點描寫混亂世相與風俗，發表〈世相〉、〈競馬〉，一躍而成流行作家，與太宰治、坂口安吾等同列無賴派、新戲作派。

偶然創作出來的雙關語

九鬼周造｜くき　しゅうぞう

天野、落合太郎和我，一起去了四条通上的一家咖啡館喝飲料。我對少女服務生說：「給我紅茶和糕餅（biscuit）」，少女反問：「您說的糕餅（biscuit）是指餅乾（cookie）嗎？」我對她說：「kuki（「九鬼」的日文發音）不用妳給我，我可以給你。」

聽到雙關語時，會露出若無其事的表情，或皺起眉頭的人，精神生活其實都頗為空虛。輕鬆歡笑可為平常一絲不苟的沉悶生活投下開朗的影子。有一天，我在巴黎理髮時，理髮師對我說：「聽說你們日本人（de japonais）都不需要騎兵。」我問他此話怎講，他說因為你們「已經（déjà）是小馬（poney）[1]」了。這句捉弄人的雙關語，反而撫慰了我在異鄉的旅愁。在人生的旅途中，也不時會有旅愁襲上心頭，因此偶爾來點輕鬆的雙關語，並不是件壞事。保羅．梵樂希[2]（Paul Valéry）曾做過一個比喻，說兩個同韻母的詞，就像雙胞胎給彼此的微笑。在此介紹兩組三胞胎，都是在因緣際會的玩心下創作出來的。我想這樣做應該不會有人責備我吧？

其中一組已經在報紙上刊登過，因此對有些人來說，或許它已是個舊聞。當年，和辻哲郎還住在京都時，有一天，他想邀請西田幾多郎老師一同到貴船[3]去遠足，順便品嘗石川鮭（日文發音 amago）。於是天野貞祐（Amano Teiyu）就到西田老師家，問老師願不願意一同到貴船去吃星鰻

譯註｜1｜法文中「日本人」（de japonais）的發音重新拆解組合後，與「已經是小馬」（déjà poney）的發音相似。

譯註｜2｜法國作家。

譯註｜3｜位在京都市區北郊，是京都的後花園。

（日文發音 anago），結果老師回答他：「星鰻太油膩了，我不喜歡。」天野向和辻說明原委之後，和辻便向天野解釋：「不是星鰻，是石川鮭。」西田老師也覺得石川鮭他願意一嘗，貴船之旅便順利成行。這段插曲，是天野（Amano）把石川鮭說成了星鰻的趣事。原來是因為在關東（Kanto Area）地區長大，還是康德（Kant）作品《純粹理性批判》譯者的天野，只知道星鰻，沒聽說過石川鮭。

今年歲末之際，有個寒冷的夜晚，天野、落合太郎和我，一起去了四条通上的一家咖啡館喝飲料。我對少女服務生說：「給我紅茶和糕餅（biscuit）」，少女反問：「您說的糕餅（biscuit）是指餅乾（cookie）嗎?」我對她說：「kuki（「九鬼」的日文發音）不用妳給我，我可以給你。」接著自己笑了起來，但心裡卻莫名地揪了一下。我這才知道，原來糕餅這個老詞，已經被餅乾這個新詞給取代了。我所棲身的古老世界，和少女安居的新世界之間有了隔閡，而這隔閡讓我感到些微暈眩。這就是九鬼（kuki）因為餅乾（cookie）而感到揪心（日文發音gukiito）的故事。

在這兩組雙關語當中，「九鬼（kuki）因為餅乾（cookie）而感到揪心（gukiito）」說起來比較容易，「天野（Amano）錯把石川鮭（amago）當成了星鰻（anago）」比較拗口，要說出口比較費力。想必是因為前者從字詞的同一性出發，接著就只要還原彼此的量化關係即可；反之，後者則是以相似性為基礎，要對字詞之間的質化關係進行預測的緣故。

◎作者簡介

九鬼周造・くきしゅうぞう

一八八八—一九四一

京都學派哲學家。出生於東京。一九一二年自東京大學哲學系畢業，一九二二年前往歐洲留學，先後師事新康德派李凱爾特、亨利・柏格森、胡塞爾、馬丁・海德格等哲學家。一九二九年歸國後任職於京都大學，教授哲學史。同年，與第一任妻子離婚後，迎娶祇園藝妓為妻。擅於運用現象學、存在主義等西方分析方法，解析一直被認為是只可意會而不可言傳的日本傳統文化，是少數能夠在日本語境中理解西方哲學者。一九三〇年發表獨自的日本文化論《「粹」的構造》為其代表作。

寫於咖啡館

高村光太郎｜たかむら こうたろう

行道樹馬栗（Marronnier）的新芽已長大茁壯，街邊櫛比鱗次的咖啡館透出燈光，倒映出樹梢在下的樹影，一整排帶著紫的灰影，看起來就像無窮無盡、連綿不絕似的。強烈的側光照著這排樹下的人行道，讓一張張俊男美女的臉孔從帶著綠色的淺黑暗夜裡浮現出來。

我在老地方——蒙馬特（Montmartre）的咖啡館裡喝酒。前幾天你說我臉上藏著深深的悲悽，現在，我突然很想告訴你一個故事，一個我親身經歷的故事。總之，你就姑且一讀吧。

那天歌劇散場後，東張西望一下，竟然也快到十二點了。我從像是用花香和油香燜著的暖熱歌劇院裡，一下子來到了街上，雖說時序已是春天，夜半的風吹起來還是讓人感到些許舒暢，和些許狂野不羈。

歌劇院大街（Avenue de l'opéra）上的數千盞街燈，看起來猶如畫著遠景的舞台景片般林立。歌劇散場後的人潮，用華麗的服裝攔下一張張黑色骨牌（domino），再分別往左或往右揚長而去。我立起薄外套的領子，靠在地下鐵（métro）入口欄杆的大理石上，考慮究竟是要直接回畫室，還是要去吃一頓晚餐（souper）。

我想到自己已經連續五、六天都熬夜，決定今晚要回畫室好好睡一覺，便往地下鐵位在地下的車站內走去。既悶又濕的發臭空氣，和微暗的隧道，正打算將人吸納進去。十燭光的燈泡在隧道轉角處發出微弱的光芒，燈下有一頂絲綢禮帽經過，瞬間閃現黑色亮光。我停住往下走的腳步，不禁心想：畫室裡那間既寒冷又幽暗、如地窖般的臥室會是什麼光景，彷彿已如在目前，現在要我離開廣場上洶湧的人潮，獨自回到那麼遠的地方去，是何等不人道（inhumain）的事啊！

我對自己的心吶喊「我也是個男人呀！」接著便掉頭往回走，來到剛才歌劇院（opéra）前的廣場。弧燈和白熾瓦斯街燈在柏油（asphalte）路面上，交錯地畫下了五、六道我的影子。

此時，耳畔彷彿傳來了一聲「那個俊俏的日本人！」我回頭一看，發現在距離五、六步的地方，有三個女人牽著手，快步地往大馬路（boulevard）的方向走去。

我也邁開了步伐，但並不是想追上那幾個女人，只不過當流過水淺河床的花瓣有一片向右流去時，之後的花瓣也會受到牽動，跟著往右流去。

里昂信貸銀行（Crédit Lyonnais）大樓那片黑壓壓的屋頂上方，星色朦朧的大熊座倒掛在天空中。沿大馬路兩側而立的建築，上半部有著梅尼爾巧克力（Chocolat Meunier）、行旅（journal）等霓虹燈廣告，忽藍忽紅地閃爍著。行道樹馬栗的新芽已長大茁壯，街邊櫛比鱗次的咖啡館透出燈光，倒映出樹梢在下的樹影，一整排帶著紫的灰影，看起來就像無窮無盡、連綿不絕似的。強烈的側光照著這排樹下的人行道，讓一張張俊男美女的臉孔從帶著綠色的淺黑暗夜裡浮現出來。這些行人熙來攘往，笑語聲與馬蹄聲融為一體，編織出一種節奏，與空氣裡飽和的香水芳氛構成奇妙的協調，聽來十分悅耳。就像到動物園裡的鸚哥或鸚鵡館，牠們那高亢尖銳的聲音，在一片紛亂當中自成曲調，而非單純的噪音似的。我就在這些光線、聲音與香氣的流動中，隨著水淺河床的迂迴蜿蜒向前走著。而三個女人也還在走著，行進間不時發出尖銳的笑聲。

我從小就是在雕刻中長大的，因此我的感官會對萬事萬物產生一種雕刻式的感受。在我懂得如何鑑賞惠斯勒（Whistler）和雷諾瓦（Renoir）的畫之前，我與雕塑搏鬥了很長一段時日，因為我只要一看到往來的行人，他們的裸體就會自動映入我的眼簾。穿過衣裳看到裸體的動作（mouvement）之美，總能讓我先心醉神迷一番。

那三個女人的體型各不相同。而三種不同體型的動作錯雜呈現，簡直是美得直搗人心。

當她們走到一家光線特別明亮的咖啡店前時，突然悄悄地失去了蹤影，彷彿被捲進了漩渦中似的。回過神來，我才發現自己已置身在一家大型咖啡館，並選在角落的大理石桌前坐了下來。

我一邊品嘗著自己喜愛的美式咖啡飄散出檸檬（citron）香，一邊環顧室內。鼎沸人聲竄入耳中，教人不禁猜想這些人聲笑語是不是突然迸發出來的；華美室內映入眼簾，讓人不禁以為四周是不是突然亮了起來；面紅耳熱襲上臉龐，令我不禁心想室內是不是突然熱了起來。這時，樂隊開始演奏起了塔朗泰拉舞曲（Tarantella）。

噠啦、啦、啦、啦、啦，噠啦啦、噠啦啦、噠啦、啦、啦、啦、啦。

我的每一根神經，彷彿就快要蹦出來。想必這個空間裡的所有器皿、所有人的分子之間，都隨著這音樂的節奏，做起了相同節奏的律動。

用腳打拍子的聲音從四面八方響起，兩、三個女人拿著湯匙[1]下場跳舞。她們身穿輕薄羅衫，薄得彷彿吸附在她們出色的身軀上似的。她們的出現，讓全場歡聲雷動，我也跟著拍起了手。此時，有幾個人異口同聲地說：「這位先生，你好！」還拍了拍我的肩膀。原來是剛才的那群女人。

「您在跟蹤我們嗎？」

「我不是跟蹤妳們進來，是跟在妳們後面進來的。」

「您今晚上哪去消遣了？」

「歌劇院。」

「喔，今晚上演的是薩朗波[2]（Salammbô）。」

譯註｜1｜塔朗泰拉舞的舞者常會手持鈴鼓跳舞。

譯註｜2｜原為古斯塔夫・福樓拜的小說作品。

「滾開！她是我的女人！」（N'approcher pas ; elle est a moi!）其中一個女人做出手勢，模仿劇中角色的聲音，高聲地說。我全身上下的神經，彷彿都已衝到了皮膚表面。女人們的眼神，女人們的聲音，女人們的香氣，化成了一股犀利的力道，透過觸感刺激著我。她們順應我的邀請點了酒，我也跟著喝了一些。接著她們唱歌，我打拍子。最後，我的心情宛如麝香完全入味的一塊蒸肉，便帶著其中一人走出了咖啡館。

我想我從不曾像今晚這樣，仔細地品嘗肌膚的鮮嫩。

早晨到來。

我在白被單裡吃了可頌，喝完咖啡。陽光透過窗戶灑進室內，隔著薄紗窗簾看遠處萬神殿（Panthéon）的圓屋頂，呈現的是藍綠色澤。窗外傳來極小聲（pianissimo）卻雄偉（grandioso）的汽笛聲響；收破爛的舊貨商發出隨興的招攬聲，聽來頗有懷舊風情；車輛從窗外駛過，伴隨著一陣車輪輾壓路面的嘎啦聲響。四下是一片幽靜的喧嘩。

本來已經睜開雙眼的女人，又悠悠忽忽地睡去。她那長長的睫毛看似微微地顫動，手臂肌肉不時顫抖抽動著。

我則是靜靜地試想從昨晚去過歌劇院後到今天早上，自己所有的情緒起伏。能和別人一樣開心享樂，和別人一樣感傷悲悽，讓我感到無比的滿足。我閉上雙眼，胡思亂想著一件件沒有結果的事，耽溺於不負責任的邪念之中。

突然間，耳畔響起「你還在睡嗎？」（Tu dors ？）的聲音。一股殘留著金雞納樹皮酒（quinquina）香的氣息，蒙上了我的臉。我看到一雙澄澈透明的水藍大眼，出現在我面前。

水藍色的眼睛！

從那雙眼裡，我看到印度洋上普魯士藍的天空，看到有一片大海映照著群島海域裡的大理石，海水的顏色看來很清澈極了。我看到巴黎聖母院

（Notre Dame）的彩色玻璃碎片，看到莫內（Monet）筆下夏日樹影的顏色，也像在清真寺（mosquée）藏寶庫看到的深藍寶石（saphir）般，透著神秘的色彩。

我看到那雙眼睛裡的顏色閃動了一下。接著她說：

「起床吧！起床去吃飯吧！」

我沒想到會聽見如此平凡的事，大吃一驚，連忙從床上跳了起來。女人說今天要在大學咖啡館（Café Université）吃午餐。

我踉蹌地走到洗臉台前。正當我轉開熱水水龍頭之際，沒想到，對，還真是沒想到，往頭上一看，有個陌生的黝黑男人，穿著睡衣站在那裡。極度的不悅、不安和驚訝同時向我襲來。我再仔細定睛一瞧，才發現那裡有面鏡子，鏡子裡的人就是我。

「啊……我終究還是個日本人，日本國民（Japonais）、蒙古人種（mongol），是個黃種人（le jaune）。」

我的腦中響起了一個像是沒上緊發條的聲音。

如夢似幻的情緒，此時如雪崩（avalanche）似的從底部整個崩坍。那天早上，我很快就逃離了那個女人，在畫室冰涼的木地板房間裡頹坐許久，細細品嘗著這段苦澀的回憶。

我要告訴你的就是這些。今晚，我該從這裡前往何處呢？

◎作者簡介

高村光太郎・たかむら こうたろう

一八八三－一九五六

生於東京，是日本著名的詩人及雕塑家。一八九七年進入東京美術學校雕塑科，因看到羅丹代表作「沉思者」的照片而大受震撼，於一九〇六年前往紐約留學，之後又移居倫敦、巴黎。至一九〇九年返回日本時，受過歐美自由薰陶的高村光太郎，已無法接受當時社會陳腐的價值觀，對日本美術界懷有諸多不滿，便積極在文藝雜誌發表美術評論。

一九一四年，高村光太郎發表了詩集《道程》，並與西畫家長沼智惠子結為連理。然而，智惠子在娘家破產後，精神疾病長年不癒，於一九三八年辭世。三年後，高村光太郎集結過去三十年來為智惠子所寫的詩，出版了《智惠子抄》詩集，當中多篇作品都獲日本各級學校的國語教科書選錄。

高村光太郎晚年因懺悔自己曾寫過歌頌戰

爭的作品，而獨居花卷鄉間七年。其間他仍於一九五〇年出版詩集《典型》，並於翌年獲頒讀賣文學獎。他因生前喜愛連翹花，所以後人將他的忌日命名為連翹忌。

巴黎的咖啡館
——早晨與中午

岡本加乃子｜おかもと かのこ

春天該去的，不是像被陰影煮透似的美心咖啡館（Maxim's），也不是嚴肅正式的富楷（Le Fouquet's），更不應該到充滿美國肥皂味的安帕。圓點這家店雖然男服務生待客稍嫌冷淡，但總能像有戲上演的舞台般，吸引顧客上門，莫名地適合春天造訪。

旅人的雞尾酒

旅人（étranger）先到林蔭大道的歌劇院轉角，找到和平咖啡館（Café de la Paix），去試試巴黎的椅子坐起來夠不夠舒適。店家的桌子擺到店外，已佔去人行道的約莫一半，角落圍著玻璃屏風的露天雅座，中間擺了一個圓型的暖爐，只溫暖了旅人的背。

眉毛和頭髮全是一片雪白的北歐女人；顴骨突出得很有東洋味，卻是個西方人的近東男子；留著平頭，沒穿西裝背心的德國人；鼻頭尖尖的中年英倫紳士；若有身穿虎毛外套，戴著圓框眼鏡的女人，基本上就可視為美國女孩。那個女孩一邊吞雲吐霧地抽著菸，視線一邊緊跟著身穿燕尾服的巴黎男人（Parisien），也就是年輕俊美的男服務生。三、四個中國女學生留著不帶波浪捲的妹妹頭，用流利的法文交談著。

旅人將四周顧客的相貌全都打量過一番。原來如此，我認同梵・鄧肯（Kees van Dongen）所說的「這是一個雞尾酒時代」。

對街的女裝店如孔雀般展開繽紛的雨棚，戴著大禮帽的黑人青年，和如絲線般細緻的巴黎女人挽著手出現，從小巷往那家女裝店的櫥窗前走去。

三個好姊妹

阿龜[1]小姐和塔蒂亞娜[2]公主，還有一個普通的女人。沒錯！我再怎麼想都覺得還是這樣叫最好。身穿時下流行的波斯邊服裝，而且款式還一模一樣的三個女人，選了咖啡館內側遮蔭較多的座位。她們是風塵女子，餵她們帶來的小猴吃了點栗子之後，便開始互相比較誰衣服上皺褶擠成的酒窩多。最後她們達成共識，最好是三人之中有人能找到願意請吃午飯

譯註｜1｜一種日本女性面具，圓潤臉型，鼻樑低矮，臉頰豐腴。古代認為是一種福氣的長相，如今則被用來指其貌不揚的女性。

譯註｜2｜塔蒂亞娜（Tatiana）公主是俄國末代沙皇之女。

的老爺，否則三個好姊妹今天就好好玩上一整天。其中一個女人拍了另一個女人的臉頰，說「別對我們姊妹拋媚眼啦！妳忘了自己是要做誰的生意啦？」接著咯咯地笑了起來。

斜對面的英系銀行——駿懋國民地方銀行（Lloyds and National Provincial Foreign Bank）分行裡，走出一位留著鬍子，身穿燈籠褲的英國人。他挑了一個陽光頗為充足的座位，擺出一副對那三個女人不以為意的表情，彬彬有禮地點了烤麵包和紅茶。

三個女人也完全沒把他放在心上，繼續咯咯地笑著。

來自圓點

一個讓人不禁心想「真是風和日麗！悠閒地讓人想放顆汽球飄上天」的日子，大家都不約而同地望向天際。空中還真的飄著一顆氣球，球體上寫著「春天的香水，紫羅蘭汽球（Violette de ballon）」。過分用心的安排，反而讓人覺得無趣。

從建築鱗次櫛比的香榭麗舍大道，延伸到群樹林立的香榭麗舍大道的接壤處，有個交叉路口，路口有家名叫圓點（Rond point）的咖啡館，位在與小噴水池斜斜相望處，建築彷彿是在蜜桃粉色的糕點上加入綠色刻線似的，十分罕見。

春天該去的，不是像被陰影煮透似的美心咖啡館（Maxim's），也不是嚴肅正式的富楷（Le Fouquet's），更不應該到充滿美國肥皂味的安帕。圓點這家店雖然男服務生待客稍嫌冷淡，但總能像有戲上演的舞台般，吸引顧客上門，莫明地適合春天造訪。馬栗樹的花也近在咫尺，因此在附近散步的遊人絡繹不絕地進出，在店裡歇腳。

「要不要來一串糖核桃？」

「燻鮭魚三明治、魚子醬，還有烘蛋和鯷魚的……」

少女們點了拿起了各式三明治，趁著男服務生們忙著跑堂服務之際，在不打擾客人的情況下，遊走在眾多等候的客人之間兜售。

「請問一下，有沒有蜜桃果泥的義大利香艾酒？」

戴著無邊小圓帽的女客人點完餐後，正對著外場七面鏡牆裡映照的七個自己品頭論足。背面，喜歡；稍偏側面，有點喜歡；側面九十度，不喜歡；七分正面，不怎麼樣；那就正面全身吧！假裝調整座椅的女客人站了起來，但正面最大的那面鏡子上滿是馬栗樹影。襯著白花的淡綠樹葉，或是簇擁著紅花的深綠樹葉，葉影成叢成堆，層層疊疊，直到稍微稀疏之處，鏡子裡才稍微映照到女客人的小圓帽外緣。鏡中的她，身體被擠到了遠處，被前方那些客人來來往往的破碎身影，分割得很細碎。

室內滿滿的男賓女客，他們的姿態和咖啡香，以及微微的酒香揉合，或多或少已開始發酵。眾人談興正高……

「據說巴黎消防署長近日內就要下令，停止在火災時配發白葡萄酒給消防隊員了呢！」

「哇……是為了節省經費嗎？」

「不是，據說是因為有人喝了兩瓶配發的白葡萄酒之後就會睡著，影響勤務。」

一位年輕太太狀甚感慨地向年邁的丈夫說：

「我想現在全巴黎最不幸的女人，應該就是我了吧。」

「怎麼啦？怎麼啦？」

「因為我的通便劑一直都不見效呀……」

「唉，妳又在開那些早已被看破手腳的玩笑了。」

店外有些剛參觀完巴黎大皇宮（Grand Palais）春季沙龍美展的人，三三兩兩，煩惱著晚餐前這麼長的一段時間該如何消磨。

有一個人把拐杖垂直立在花園的綠草坪邊，心想著：

「風信子看起來應該是完全不抽菸，但鬱金香看起來就像是會抽菸的花了。」

林蔭下收費座椅的約會，免費長椅的約會。

些許的氤氳蒸氣，讓凱旋門到方尖碑之間的距離，看起來比實測更遠。香榭麗舍大道北側的店家，先前曾展出過夫妻共乘型輕航機，引發熱烈討論，據說已順利賣出。紅色機翼穿過蓊鬱馬栗樹林，斜著倏忽出現在道路上。而在它對面那間屋子，是一棟具有保存價值的建築。風聞屋主要把房產轉手，美術大臣連忙發函給即將接手的新屋主，請求由政府負責保護這棟建築。好不容易等到了回信，信上是女人的字跡，寫著：

「不勞政府費心。這棟房子，是我對前屋主奉獻了愛，所換得的代價，本人定當善加愛惜。謹此。」

老巴黎的古董

以歌劇院的那個十字路口為中心，向左右延伸出去的林蔭大道和義大利大道上，咖啡館林立。這些咖啡館早上打掃完畢後，會在桌腳和椅腳留下一小撮紅沙。汽水瓶和裝甜麵包的籃子，在條紋桌巾上沐浴日光。咖啡館顧不得還有短暫的秋天，乾脆在角落圍起了玻璃屏風，還拿出放在露天咖啡座正中間的圓型暖爐，作為抵禦冬天的武裝。

每當公共汽車車輪駛過，搖撼大地之際，馬栗樹或法國梧桐總會飄落些許落葉。

第一版的《巴黎午報》（*Paris- Midi*），報上文字還留有石油油墨未乾的濕潤。漫步林蔭大道的人把它丟在桌上，先來品味咖啡館的寂寥。他是巴黎的古董，是在戰爭結束前後的這段期間，從撰文工作退休下來的文人。以往，他的巢穴就在這附近的雜誌社或報社，因此至今仍延續著當年

岡本加乃子・おかもと　かのこ・一八八九—一九三九

的習慣，信步就會走到這裡來。在頹廢主義時期培養出雅趣的他，對現今時下唯物式的健康，總會毫不保留地反咬一口。

「近來在西郊興建的那些新住宅，樣式根本稱不上是建築，那是建築的骨架，裝潢則是永遠都不做……」

不僅如此，他還是個法國主義者。他對一位點了雞尾酒的美國女孩這麼說：

「這位小姐，不好意思，巴黎可沒有一種叫做 Cocktail 的東西，我們有的是 Coqueter，和美國完全不同。」

十一號

以瑪德蓮教堂（La Madeleine）為圓心，直徑約半英哩的圓形範圍裡，潛藏著幾家賭博旅館。早晨，在義大利大道上的一家咖啡館裡，有位圍著絲巾的紳士，癱軟地垂著手臂。他就是從其中一家賭博旅館走出來的。紳士用他那雙因為尼古丁中毒而變得冰冷乾燥的手掌磨蹭著頭髮，努力地想找回自己的觸覺，口中一邊喃喃自語。

「十一號、十一號、十一號、十一號……」

最近，聖雷莫賭場發生了一件大事，就是場中的輪盤連開了六次十一號。前四次都是同一個人押中，第五次和第六次才換了人。要是同一個人連中六次，算起來賭場就要損失七十萬日圓了。

這個傳聞流傳到社會上之後，十一號這個數字，便帶著異樣的神祕，抓住了賭徒們的心。許多人前仆後繼地仿傚，押寶賭十一號，結果都只能任憑「數字」的陰晴不定擺佈。

圍著白絲巾的紳士，毫不遲疑地把裝著熱咖啡的杯子湊到乾裂的唇邊。熬過痛苦不適後，濃郁的芳香滲入五臟六腑，讓他的眼前出現了幻覺。

既不是藍色，也並非粉紅的雙重蝶影。這隻蝴蝶大得鋪天蓋地，隨後消失。

接著他從二樓的窗外，發現行道樹彼端的商店街，有人正在清理裝飾用的娃娃。

◎作者簡介

岡本加乃子・おかもと かのこ

一八八九－一九三九

小說家，本名岡本加乃，一八八九年出生於東京。師事女歌人與謝野晶子，早期以詩歌創作見長。一九一〇年與漫畫家岡本一平結婚，卻因夫妻間的對立與次子猝逝，導致嚴重的精神衰弱。此後開始鑽研佛教各流派，並發展出個人獨特的生命哲學，作品多可見宗教影響。一九三六年發表以芥川龍之介為藍本的小說〈病鶴〉，受川端康成好評推薦，正式於文壇出道，並在短短三年間發表〈母子敘情〉、〈金魚繚亂〉、〈老妓抄〉等代表作，以濃密的情感與敏銳的人間洞察，交織而成極富生命力的獨特作品世界。

輯二　溫度焙人情

孤獨

蘭郁二郎｜らん いくじろう

這裡畢竟是個大都會，我們每天在街頭，或在電車裡、公車上，會遇見成千上萬的人，卻都只是那個當下的一面之緣。下一瞬間，這些過客就會往某處消失不見，不再映入我的眼簾。

洋次郎很喜歡銀座後巷裡一家名叫「吊籃」的小咖啡館。曾幾何時，他幾乎已成了這家店的常客，但也還不至於到專程光顧的地步。只不過，愛出門的洋次郎，就這樣每天往應有盡有的銀座跑，而去了銀座，就免不了要走進「吊籃」坐一坐。

「吊籃」的店面雖小，卻都是包廂式的座位，裡面擺放的都是烏黑又極具份量的桌子。此外，不知是不是因為客人很少的關係，在這裡待再久，店家都不會露出半點不悅，這一點更是深得洋次郎的心。

因為洋次郎最喜歡坐在角落的包廂裡，享受一邊啜飲咖啡，一邊沉溺在各種無聊幻想裡的感覺。

有一次，他在近傍晚時走到熙來攘往的街上，才發現四周巨大的霓虹招牌包圍之中，「吊籃」淺淺的、格格不入的小霓虹燈，看起來竟讓人心生憐憫。

今天之前，洋次郎壓根都沒想過會有個素昧平生的男人，在這家「吊籃」裡找他攀談。那個男人似乎比洋次郎更早就成為這家店的常客。話說回來，洋次郎剛開始在這家店出沒時，男人獨自一人在包廂裡，若有所思的模樣，曾隱約出現在他的眼底。

對於個性比一般人沉默的洋次郎而言，那個男人——男人自稱姓原——滔滔不絕地找他聊各種話題，其實讓他內心感到些許詭異。

不過，聽著聽著，不知道為什麼，洋次郎覺得自己似乎漸漸明白了。

（這個男人疑心病太重了吧……）

這個男人談的內容都很玄妙。對此，洋次郎很難一笑置之，覺得有些什麼湧上了他的心頭。

——我看你好像很常到這家店來。你來到這裡的路上，會不會老是遇到同樣的人？

那個自稱姓原的男人，問起了這句話。

——這個嘛，仔細想想好像沒有吔。

——這樣呀？這件事讓我覺得很玄妙。這裡畢竟是個大都會，我們每天在街頭，或在電車裡、公車上，會遇見成千上萬的人，卻都只是那個當下的一面之緣。下一瞬間，這些過客就會往某處消失不見，不再映入我的眼簾。

——可是，以十年、甚至二十年來看，我們應該頗有機會和同一個人偶遇的吧？

——或許是吧，但我們真的能想起先前在哪裡見過這個人嗎……若是在鄉下地方，人煙稀少，只要住上個一星期，就會有好幾個熟面孔。這樣一想，就不免覺得這還真是大都會的駭人之處啊！

——那麼，我和你（你好像也每天都到這裡來光顧）如此頻頻偶遇，是有什麼特別的緣故囉？

——是的，沒錯。其實我很感謝你。走在街頭、路上，到處充斥著這麼多素昧平生的面孔，而我卻能每天都和你不期而遇，讓我覺得非常地安心。

姓原的男人說著說著，便掏出香菸，硬是勸洋次郎抽。

——你去拜訪朋友時，要是不巧朋友不在家，我想你應該會非常失望、非常空虛吧。脆弱的我，實在很受不了這種被陌生臉孔包圍的感覺。洋次郎拿起火柴，「啪」地一聲點燃。姓原的男人見狀，突然話鋒一轉。

——不過，我很喜歡這種感覺。

——？

姓原的男人突然用很冒失的字句，說起了讓人不明究理的話。洋次郎不假思索地把抽了一半的菸，從嘴邊拿開。

姓原的男人倉皇地慌了手腳，

——不不不，我的意思是說，在喧囂裡的空虛，摩肩接踵的人潮中，才有著真正的孤獨。就像在蔚藍的天空下才有漆黑的陰影似的……。

然而，此刻的洋次郎已無法回答。自從剛才他拿起那根伸手牌香菸，抽了一口之後，就有種心臟卡在咽喉，身體快被壓扁似的感覺。他往前倒在桌上，四周變得黑暗曚曨，一種無法言喻的痛苦在體內四處流竄，並在全身上下散佈著一股劇烈的無力感。

就在意識逐漸模糊之際，洋次郎聽見姓原的男人說了一句惡毒至極的話。

——永別了！其實我對孤獨情有獨鍾，正因為我愛孤獨，不願孤獨被打亂，所以你非死不可。被世間萬事萬物遺忘，任世間萬事萬物扭曲的我，孤獨是我僅有的慰藉，我不希望它遭到破壞。永別了！

◎作者簡介

蘭郁二郎・らん いくじろう

一九一三—一九四四

東京人，本名遠藤敏夫，亦曾以林田葩子為筆名。就讀東京高等工業學校電氣工學科期間，曾以〈停止呼吸的男子〉參加《江戶川亂步全集》附錄徵稿，獲得佳作。一九三五年創立推理同好雜誌《偵探文學》，一九三八年起在《小學六年級生》雜誌上連載的科幻小說〈地底大陸〉大受歡迎，躋身為當紅作家，並積極發表科幻小說作品。二次大戰期間，蘭郁二郎被徵召入伍，成為海軍的報導兵。在一次原訂至東南亞採訪的航程中，飛機不幸失事，蘭郁二郎因公殉職，得年三十一歲。

蘭郁二郎早期作品以詭譎的推理小說為主，後轉向科幻小說，與海野十三並稱為戰前日本科幻小說的先驅。著有《夢鬼》、《魔像》等作品。

人生指南

坂口安吾｜さかぐち あんご

——機器生產的麵條大量搶攻市面，價格便宜，虎二郎的麵當然就滯銷了。雖然有些店家還堅持用他的麵，說「手工麵條吃起來就是不一樣」，但這些店都是一天大概只能賣出十份的咖啡館。大型餐館為了追求低價，寧願犧牲口味，於是紛紛改用機器生產的麵條。

據說在報紙上擁有最廣大讀者群的，就是「人生指南」或「生涯諮商」之類的專欄。

然而，真正想到這種地方尋求人生指南的投書，數量其實並不多，不少人都是抱持著「拿這種問題去投個稿吧！」的心態，擅自杜撰出一個煩惱來投稿。負責這個欄位的記者，通常一眼就能看出真假，但這種杜撰的煩惱往往比真實人生更有趣，因此記者便在知情的情況下，默許造假文章出現在報紙上。畢竟讓文章成為版面上最出色的讀物，才是這個欄位真正的目的，而不是解決讀者的煩惱。這個欄位必須讓讀者可以隨時輕鬆享受閱讀的樂趣，每天還要有不同的變化，因此負責提供指引的人生導師，陣容也要包羅萬象、一應俱全。有人說話直截了當，有人勇敢大膽，有人是感性的愛哭鬼，也有人愛訓斥責罵。由男性來出任這種導師，似乎不是很有意思。為普羅大眾的諸多人生煩腦點亮明燈、諄諄教誨的導師，若是人中長滿了大鬍子、或頂著光頭的重量級大師，未免也太無趣、太不吸引人。

要是中等層級的女性導師，那可就價值連城了，畢竟女人味還是很重要。就是因為有這種導師，遊手好閒的男人們才會願意拚命地調整筆跡，挖空心思杜撰煩惱吧。

在某個鄉下小鎮上，有個男人近年來很熱中這種投稿。他的本業是在兜售自製的麵條。這樣的鄉下小鎮，就算賣給自己在家煮麵吃的人，一天大概也只能賣出個十人份，所以他都是騎著腳踏車，到三、四里外的三個城市去兜售麵條，主要是賣給一般餐館或咖啡館，而不是專業的拉麵店。就在這些客戶店裡歇腳看報的過程中，他成了人生指南專欄的忠實讀者。

「唔，今天女杉目杉老師哭得還真慘，好像還合掌敬拜了一下。哎呀，真是太有意思了！」

「我不喜歡女杉那種愛哭鬼。大山羽出子老師最棒了，說話直爽明白。」

「唔，說得也是，她的意見有時候也滿有意思的，很活潑，乾脆中又帶有女人味。真不知道她的長相如何？」

「你們讀報的方式還真奇怪。」

咖啡館的女服務生表示不以為然，但這完全不是問題。這些咖啡館的女服務生個個濃妝豔抹，一天到晚吃著店裡的東西，只要沒有客人在，就拚命扭腰擺臀，練習夢露步伐，一點女人味都沒有。而人生指南的這些導師們，既有威嚴，又有氣質，有血有淚，知書達禮，還隱約帶有幾分女人味，一股源源不絕的女人味。

「好！那我也來投一篇稿！」

此話既出，他便花了一整個星期的時間，日以繼夜地寫出一篇令人苦惱的男性悲情。他自己沒有適合投稿的煩惱，所以只好杜撰撒謊，但他並非有意欺瞞眾家導師，他覺得自己只是像寫情書般，在文章中投入了自己的真感情。他勤奮用功地寫，並把稿子寄送到各大報。而大多數情書的宿命，都是石沉大海，音訊全無，因此他不氣餒，反而更熱血沸騰地繼續寫。

起初他寫的內容，是自己同時愛上了 A 女和 B 女這種老套的故事，接著還寫過九歲時被表哥調戲過的花樣少女。最後竟然還寫出一個男人長到了二十五歲，才發現自己的身體出現異狀，看到同性健壯的身材，會覺得呼吸困難，甚至不由自主地全身發抖的故事。他總共寄出了六十多封投稿，雖然只有三篇獲選，但已經讓他非常開心，感覺自己好像多活了好幾年似的。

這個人其實不是個年輕男子，而是一位三十八歲的大叔，名叫山田虎二郎。他當過二等兵，還曾被敵軍俘虜。家裡有老婆，還有六歲和三歲的小孩。

自從虎二郎開始熱中投稿之後，就荒廢了晚上該做的工作，早上也很晚才上工。他主要的工作，就只是負責把太太做好的麵條拿出去兜售而已。而他會願意天天出門賣麵，是因為他需要看客戶店裡的報紙。所以除非狂風暴雨，否則他是不會在家休息的。自從「老婆製麵，老公賣麵」的分工定下來之後，他太太就一直很勤奮地工作，非常辛苦。可是在日本，太太天生就是註定要吃虧。而他太太也認為，先生只不過是花點錢買紙和郵票，總比沉迷小鋼珠要來得好，便對他忍氣吞聲。

然而，最近生意越來越差了。這倒不是因為虎二郎沉迷於投稿，而是小本生意的悲歌。機器生產的麵條大量搶攻市面，價格便宜，虎二郎的麵當然就滯銷了。雖然有些店家還堅持用他的麵，說「手工麵條吃起來就是不一樣」，但這些店都是一天大概只能賣出十份的咖啡館。大型餐館為了追求低價，寧願犧牲口味，於是紛紛改用機器生產的麵條。因此，虎二郎的麵條現在一天頂多賣出三十份，而且還不是裝在大碗公裡的三十份，是普通的三十份麵條，能賺的錢實在有限，不足以讓一家四個人糊口。

「不轉行的話，我們就要活不下去了呀！」

「哪來的本錢啊！」

「所以我就說嘛，要是當初一天還賣個三、五百份的時候，有好好把錢存下來就好了。結果你老是把錢拿去買什麼文章寫作、書信寫作、字典，還有性的秘密之類的怪書。你別再管什麼人生指南了，去當個二百四[1]也好，快給我努力賺錢去吧。」

「唔……二百四？原本生意興隆的中餐館，遇上了不景氣而倒閉，家中妻兒都在嗷嗷待哺。這下子究竟是要尋死，還是要當二百四？這個橋段應該可用！」

「你在說什麼傻話呀！這個大傻瓜！」

太太氣得暴跳如雷，虎二郎卻很仔細地聽著她所說的每一句話。她破口大罵「大傻瓜」，再用腳踢自己的老公，最後還氣急敗壞地抓起菜刀要砍人……就在千鈞一髮之際，虎二郎搶下了刀子，但他腦中還在思索著這一切。——太太的氣急敗壞，先生看到這一幕的錐心之痛等等。

然而，再怎麼樣還是不能讓這一家人都餓死，這是現實問題。他試著找了很多工作，都沒有著落，最後竟成了二百四，讓太太說的氣話一語成讖。

譯註｜1｜1949年時，東京都政府為改善失業，祭出補助政策，讓每位日薪工人可領到兩百四十圓的日薪，因此這些日薪工人被稱為「二百四」。

*　*　*

虎二郎以為當個二百四，至少能維持最低限度的生活，結果似乎並不是立刻就能領到二百四。根據規定，到就業服務站的窗口辦理登記，成為所謂的二百四之後，第一個月每天只能領到兩百圓，要到第二或第三個月才能領到兩百四十圓，只要沒工可做就沒得領。可是光只有這點錢實在無法撐起一家人的生計，太太只好一邊照顧孩子，一邊做些家庭代工，總算勉強還能支應每天的生活開銷。

虎二郎成了二百四之後，最讓他感到痛苦的，就是看不到報紙這件事。他自己當然沒錢訂報紙，其他二百四的同伴們也沒有，又不能請人生指南指點一下沒報可讀的時候該怎麼辦，這下子還真是麻煩了。

「我說阿竹啊，有件事想和妳打個商量，妳要不要去當送報生啊？」

「那是小孩子的兼差工作吔！賺不了幾個錢喔！」

「那叫我們家的小鬼去做？」

「我們家的小孩才六歲吔！」

「六歲還不能去送報啊？那……」

他沒有繼續說下去，但並不是就此無可奈何地放棄。他心想那就由在下我來當吧！窮愁潦倒，還淪落到當二百四，最後如果連讀讀人生指南、投投稿都不行，那活著也沒什麼意思了。於是他來到了報紙經銷處，經銷處的老闆覺得很傻眼，世上怎麼會有這麼不明事理的人。

「送報生是小孩子的兼差工作喔！」

「也不是沒有大人在送報的吧？」

「東京那種大範圍的才有。如果一個地區裡家家戶戶都讀報，甚至有很多人還想再讀一些別家的報紙，那種地方或許就會有大人當送報生。我們這種鄉下地方，如果可以的話，我還想叫狗去送報呢！」

「沒關係啦！就因為你認定了我是個大人，所以才覺得不行，把我當個小孩嘛！」

「你聽到薪水可別嚇一跳。薪水是一小時十圓，三十分鐘以下就無條件捨去，算起來早晚各可賺二十圓。這對鄉下小孩來說的確是頗為高薪，但願意投入這一行的人很少。」

「一天賺四十圓啊……那這樣一個月就有一千兩百圓，每天都會有工可做，還算穩當。這樣吧，我每天送十五個小時的報紙，你能不能付我一百五十圓？」

「早晚都要在規定的時間內確實送完，才叫做送報！」

「真糟糕……那要不然這樣吧！我每晚八點都到這裡來報到，就讓我看看各大報吧？」

「我這裡是賣報紙的地方，讓你看免費的，那我還作什麼生意呀？滾去找別人家讓你免費看報吧！」

既然讀不到人生指南，那就沒有提筆寫文章的動力了。虎二郎心想，再怎麼咬緊牙關，都要讓自己晉升到訂得起報紙的身分才行。然而，現在想這麼遠大的目標，還是解決不了眼前面對的這個難題。

他由衷地詛咒，並感嘆起了人世間的宿命。看樣子人生真正的煩惱，並不適合寫成文章。為了投稿到人生指南專欄，所以想看報，卻因為窮而買不起報紙。就連開口向報紙經銷處的老闆說自己願意工作十五個小時，老闆還是不願意用我。要是把這件事投稿給人生指南，要他們幫我解決這個煩惱，內容固然不是捏造，但我實在不願意動筆寫這麼無聊的困擾。然而，說這是無聊的困擾，確實是無禮至極。對我而言，這可是最重要、最心痛的煩惱；但以投稿專家的專業來看，它的確是個無聊的困擾，再怎麼說都沒用。畢竟要雀屏中選，就得要是淌著鮮血或熱淚的曠世鉅作才行。

「我說阿竹啊，有件事想和妳打個商量，妳要不要去餐館工作啊？我看到外面貼了徵人啟事，才想說來問問妳。那可是一流的大餐館喔！從可供好幾百人大擺宴席的大宴會廳，到精緻的兩坪場地，加起來總共有好幾十間包廂，是一家大店。員工可以通車，也可以包住，每天在店裡吃三餐，又會發工作穿的服裝，這樣薪水還有五千圓。另外還有客人給的小費，林林總總加起來，聽說可以有個一萬圓上下。總之人不能窮，我們要設法賺錢，然後再想法子、再賺更多錢才行。妳說對吧？」

「那我不就沒辦法照顧孩子了嗎？」

「交給我來照顧吧！」

「那你是不打算工作囉？」

「不是，我沒有這樣想，我要一邊照顧孩子，一邊做家庭代工。妳現在做的家庭代工是什麼？」

「我不是正在你面前趕工嗎？就是一些縫補的針線工作呀！」

「這點小鼻子小眼睛的工作根本賺不了錢。我打算帶孩子們到河邊去釣魚，要是能釣到櫻鮭或香魚，那可就發財了。就算下雨，也不見得一定要停工。」

「要是真有那種能讓我賺一萬圓的工作，那當然很好。不過你一個大男人，整天在家遊手好閒，幫小孩料理三餐和把屎把尿，實在是太難看了。當個二百四，至少你還有工作，在外人面前面子也比較掛得住。」

「妳出去工作，存了一筆資金之後，我再來作點小生意，這樣不就很有面子了嗎？面子的事以後再說，現在可不是顧得了面子的時候。總之我們得做點賺錢的事，什麼事都行。」

「要是人家肯用我，我去餐館工作也無妨。我呀，已經厭倦窮日子了！」

「當然要人家肯用妳才行。我這就叫做人生指南，普天之下大概沒幾個人能像我這樣，對於人生的何種時刻該如何因應，有如此深厚的造詣吧。總算不枉我一直潛心鑽研此事。我來為妳指點人生明路，妳儘管放心聽我的就好！」

阿竹以往就是個在小飯館工作的女人，被三不五時上門推銷麵條的虎二郎看上，兩人才在一起。當時虎二郎的麵條生意正值全盛時期，阿竹也覺得這個人應該值得託付終身。她的容貌脫俗，略有幾分姿色，年紀也和虎二郎差了十歲，今年才二十八。只要稍微打扮，應該會是個很受矚目的女人。要是就這樣在窮愁潦倒中一天天老去，阿竹自己也覺得很遺憾。

阿竹向餐館應徵之後，經過三天的試用，以極佳的表現，順利獲得餐館任用。

＊　＊　＊

從這個鄉下小鎮通勤到餐館，交通很不方便，畢竟這裡不比東京，交通工具相當貧乏。不過，深夜一點還有公車會在餐館附近停靠。

這班車十點鐘從東京發車。搭上它之後，只要大概二十分鐘，就會把阿竹載回她住的鎮上。平常阿竹還不致於趕不上搭這班車，但她常來不及搭上前一班，也就是十一點離站的那班公車。一旦錯過，會有將近兩個小時的空檔，那可就不太妙了。

有兩個同事會和阿竹走同一個方向、搭同一班公車回家。阿節是戰爭遺孀，年紀最長；阿靖則和阿竹同年，前幾年離了婚，成了單身女人。其實說穿了，這家餐館的服務生當中，年輕女孩很少。

阿節和阿靖只要沒趕上車，就會找找附近有沒有熟識的客人，或設法把客人叫來，要他們在附近的小餐館請喝酒，消磨一點鐘之前的這段時間。有時打得太過火熱，就乾脆連公車都不搭，和客人一同消失在夜色裡。這種事還頗常發生，因此和她們結伴同行的阿竹，好幾次都是自己一個人被拋下，或是被其他客人糾纏搭訕。

「什麼嘛！我是有夫之婦，請放尊重一點？那種貨色，算什麼丈夫呀？叫太太出來工作，自己在家游手好閒。整天盯著稿紙本來是沒什麼問題，我還以為他是在寫小說什麼的，結果竟然只是個人生指南的投稿狂。我從沒聽說過這種怪人。『我有個未婚妻叫 A 子。一次偶然的機會下，我在酒席上喝醉了，回家途中被朋友找去風月場所過夜，在那裡遇見了 B 子，從此忘不了她對我的純情真愛。』我讀完他的投書之後，忍不住捧腹大笑了起來。他可是個三十八歲的大男人呀！妳還真是跟怪人同住在一個屋簷下呢！好好的一個女人，何必為那種老公守著貞節牌坊？找條雜種狗或錦蛇來，要是牠們願意把那種人當成老公的話，或許還肯為他守貞吧。天底下找不到比他更糟的人了，別再為他守著貞節牌坊了啦！陪客人過夜賺錢才明智。」

有一天，阿靖喝得爛醉，對阿竹的所做所為實在是看不過去，便把累積在心裡的話全都說了出來。阿竹本來想把這件事，當作是阿靖這個離了婚的女人見不得她好，但其實並非如此。近來，阿竹也開始深刻地感受到，山田虎二郎這個人似乎真的是個罕見的怪胎。

阿竹每個月只拿五千圓回家，其他的錢就拿來為自己添購生活所需，或當零用錢花掉，有時也會幫小孩買點東西。而虎二郎竟從父子三人那五千圓的生活費當中，拿出十分之一來訂報紙，還一天到晚專心地想著投到人生指南的稿子該怎麼編、怎麼寫。

最誇張的是，最近他竟然開始在人中留起了一撮小鬍子。

如果他沉迷的是小鋼珠或賭自行車賽，處理起來固然也很棘手，但最起碼全國各地都還有許多他的同類，不至於讓人懷疑他這個人活著到底有什麼意義。但都已經三十八歲的人生指南投稿狂，竟還留起了小鬍子，這種人未免也太過奇怪了一點。

帶著兩個孩子，活在家徒四壁的環境裡，不慌不急地醉心於他的人生指南當中，這種愚蠢和齷齪，已逐漸轉化成一股淡淡的詭異，讓阿竹只要一走近住處，正要踏進家門之際，就會感到一陣背脊發涼的陰森。

「只有雜種狗和錦蛇還會為他守貞」這句話還真是至理名言，說得讓阿竹也不得不暗自同意。她其實並不是趾高氣昂地說我老公如何如何，只不過她也不能把有的東西說成沒有，才會說我家裡還有死鬼老公在等著。阿靖和阿節的這番指責，反而讓她感到一種莫名的解脫。

「我老公的確不是個值得拿出來說嘴的人，但既然生米已經煮成熟飯，我也無可奈何。最近只要看到我老公在人中留的那撮小鬍子，我就覺得很煩躁，有時會氣得腦門充血，有時還要拚命忍住脾氣。我受夠了，我會睜大眼睛仔細挑選下一個男人的。」

阿竹整個人都變了。

家裡有懶惰的老公，還有吃了不少苦的一個女人，當她出外工作，置身活潑而奢華的世界之後，自然就無法再回到自己昔日那個的陰暗巢穴裡了。當先生過著一貧如洗的生活時，千萬不可讓太太出門工作。

男人越窮，越是應該獨自咬緊牙關，拚命工作，以保護太太和小孩。讓太太出門工作，是生活輕鬆愜意的人，為了要讓生活更豐富充實，所應該做的事。在窮困潦倒、朝不保夕的情況下，若非得要讓太太出去工作，太太將永遠無法再回到原本那個陰暗的家庭裡。這可說是脆弱的人類世界當中，一種悲哀的宿命。

如果太太是去當個幫傭之類的，那倒還好，要是到餐館或咖啡館去當服務生，置身燈紅酒綠的花花世界，自然就容易覺得自己原本的那個家不忍卒睹，難以棲身。阿竹認真打扮起來，其實還滿迷人的。她的情感也很豐富，很能撩撥男人的心弦，不少男人都想一親芳澤。既然她都覺得自己要睜大眼睛仔細挑選下一個男人，應該沒那麼容易被輕浮男人的花言巧語矇騙吧。

有個姓矢澤的布莊老闆，他不是逢場作戲，而是真心地喜歡阿竹才苦苦追求，似乎還為愛憔悴了不少。阿竹覺得這樣應該可以放心，便答應讓矢澤當自己的地下情人，並以身相許。

矢澤的身分，畢竟也不允許他每天晚上都和女人在外過夜幽會，所以起初還會用私家車送阿竹一程。後來阿竹越來越大膽，兩人共度春宵之後，就算矢澤回去，她還是會在溫泉留宿。就因為這樣，虎二郎也開始懷疑太太平時究竟在搞什麼名堂了。

* * *

明查暗訪之下，虎二郎才發現阿竹原來是勾搭上了布莊的老闆。他一氣之下，揍了阿竹兩、三拳。

「妳這傢伙，背地裡偷情了對吧？竟敢在太歲爺的頭上動土？」

「要是可以在你頭上動土的話，我還真想倒一些土上去，不知道會有多少人拍手叫好呢！很多人看了你的臉就煩，還有人說小孩看到你就會驚嚇大哭。我呢，見多了世面，很明白世上不會再有第二個像你這麼蠢的男人了。我以前都被你給騙了！你這個混蛋！你根本就不是人，少在那裡裝得一副自己是人的樣子。去跟雜種狗或錦蛇在一起，叫牠們守你的貞節牌坊去吧！你這個差勁的死胖子！其他小蝌蚪只要爬上陸地，穿件外套，樣子都比你體面多了！學人家說什麼偷情，別一副自以為什麼都懂的態度，別在這裡裝得人模人樣，快給我現出原型，滾回你的水溝裡去吧！」

「妳可別把我當成蚯蚓了。妳以為蚯蚓會當軍人去中國打仗嗎？蚯蚓根本就不可能知道怎麼做麵條。少瞧不起人！」

「你打人？我再也不想看到你！」

阿竹就這樣逃家了。

虎二郎這下子也很頭大了。他雖然生氣，但阿竹丟下了兩個孩子，而且接下來要是沒有每月的五千圓進賬，當天就要喝西北風了。很遺憾，虎二郎還是得去下跪道歉，把阿竹求回來才行。再說，虎二郎對越來越有姿色的阿竹，也還有很多留戀。

虎二郎帶著兩個孩子直闖餐館，原本堅持不肯見面的阿竹，在他的死纏爛打之下，總算願意露面。

「那天實在很不好意思，是我一時魯莽。我們夫婦既然都有孩子了，要是妳丟下孩子一走了之，那我也只能一死百了了。拜託妳回家吧！」

「我就是討厭你這樣。很多寡婦一邊工作，還一邊照顧三、四個孩子呢！男人豈不是應該更有辦法？『一個人帶著孩子活不下去，只能一死百了』這種話，是得了肺癆臥病不起的病人說的。像你這種好手好腳的人，竟然不能工作？這到底是怎麼回事？賺錢養活老婆孩子，這不就是男人的職責嗎？整天沉迷人生指南這種怪事，迷到連工作的不管了，我沒辦法再和這種怪人一起生活下去。」

「之前不是都一起活得好好的嗎？」

「那是因為我以前沒見過世面。我現在一看到你那張臉，就覺得背脊發涼，因為我實在很難想像你竟然是和我同種的人類。有了孩子又怎麼樣？小孩就是要靠男人工作賺錢來養大的呀！如果連小孩都養不起，那乾脆我把孩子帶走，拜託你快跟我分手吧！」
「男人和女人不一樣，想找到工作沒那麼容易呀！」
「如果你什麼都肯做，一定找得到工作。你覺得找不到，那是因為你懶！要是你連這一點自覺都沒有，那你根本就沒有資格住在榻榻米上，還是快點回到最適合你住的水溝裡去吧！」
「妳好像已經認定了我就是條蚯蚓。告訴妳，別看我這樣，我可是個不折不扣的人類，祖先世代都是人類！」
「那還用說嗎？」
「妳要是明白的話，希望妳趕快回家。妳看，我都已經這樣跪下求妳了。以後我不會再擺老爺架子，每天晚上妳回家之後，就幫妳燒洗澡水，擦背、洗手腳，夏天則是拿扇子幫妳搧涼，直到妳睡著為止。」
「你這傢伙到現在還不打算工作呀？我可不是為了想和扇子、熱毛巾住在一起，才來到這個世界上的！」

「妳還真是個不講理的人。負責搧扇子、擰熱毛巾的，都是我這個活生生的人。這就是人的價值所在！我這是在求妳趕快回來，我會努力為妳做很多有價值的事。這樣妳聽懂了吧？」

「人的價值，在於好好工作賺錢，讓老婆孩子過安穩的生活。你這隻蚯蚓快給我滾回去，不准再來找我！」

阿竹氣沖沖地拂袖而去。她的同伴們原本在拉門外打探情況，最後都忍不住笑了出來。虎二郎認為自己不能再久留，便牽起孩子的手，空虛地回家去了。

後來虎二郎又去過餐館好幾次，但阿竹都不肯見他。虎二郎心想，既然自己不行，那就拜託一位既會講道理、又懂法律，目前在公所當代書的朋友——彥作，代他去打探一下阿竹的心意。結果帶回來的，卻是一番無懈可擊的說辭：「和扇子、熱毛巾住在一起已經夠討厭了，何況是和蚯蚓住在一起，更是教人受不了。我只想和能好好養活妻兒的人住在一起。」

彥作聽完，佩服得五體投地，便打道回府，馬上去找虎二郎，說：

「哎呀呀，阿竹說的話真是有道理。再怎麼樣都是你不對，不去工作賺錢養家，就不是個男人。」

「現在失業的人這麼多，找不到工作，我也沒辦法呀！」

「這件事我也聽阿竹說了。你本來不是在當二百四嗎？可是因為你一天到晚都在看人生指南、寫投稿，後來索性就把二百四的工作給辭了，叫阿竹出去工作，對吧？」

「阿竹的工作，收入比二百四好太多了，所以才會讓收入多的去工作，換我待在家裡的呀！這可不是因為我懶，要是我能和阿竹交換，做阿竹的那份工作，賺和阿竹一樣多的收入，我也很樂意呀！但就是因為不能和她交換，所以我也很無奈。」

「要是你當初自己也做些什麼工作，沒讓阿竹自己一個人賺錢養家的話，今天事情應該就不會是這樣了。這是你自食惡果。勸你早日洗心革面，工作賺錢，好好扶養孩子，讓阿竹看到你認真工作的樣子，再求她回心轉意吧！」

「那這段時間就放任阿竹在外面偷情嗎？」

「對了，問問它吧！這就是你以往沉迷的人生指南，這次還真的應該把發生在你身上的這些事，原原本本地寫出來，請人生指南幫你解答。不過在投稿之前，最重要的是你從明天起一定要開始工作，人生指南得找到空檔才能寫。我也很期待人生指南會給你什麼樣的解答喔！」

彥作說完這番話就走了。虎二郎現在根本沒空請人生指南指點迷津。首先他得找到可以安置孩子的人家。好不容易才找到了一個願意讓他先免費託養孩子，費用日後才付款的地方。於是他把孩子送到這戶人家，自己又重新當起了二百四。

虎二郎手邊還有一些剩餘的紙和筆，但不知為什麼，他就是無法把真正發生在自己身上的事寫下來，寄到報社請人生指南答覆。況且他一看到紙或筆，就會全身發抖，急忙閉上眼睛。

看來人生指南一定要是杜撰的，讀起來才有快感。而在飽嘗虛構杜撰所帶來的快感之後，現在虎二郎已深刻地體會到，人生指南在真正的煩惱、難題面前，是多麼的無力。

不管人生指南提供什麼樣的解答，出現在人生指南裡的那個「我太太」，終究不是阿竹。

阿竹把虎二郎當成一條蚯蚓看待的事，或認定其他蝌蚪穿上外套之後絕對長得比自己老公體面的事，甚至還說雜種狗或錦蛇願意為他這個老公守著貞節牌坊，已經太便宜他的事。這些事情，負責解答的人生指南的導師都無從得知。

「就算這些事再怎麼千真萬確，我豈敢一五一十地寫？況且整個問題的癥結，就是因為對人生指南太過熱中，這麼丟臉的事，我怎麼寫得出來？人世間還真是不能盡如人意啊！就像人生指南一定要是杜撰的才精彩一樣，人生和人類，或許也都是得過且過最好。說不定一個不小心，會發現我眼前的這個世界只有我自己是真的，大家都是假的。太恐怖了！阿彌陀佛，阿彌陀佛。那些人生指南的導師，說不定全都是貉[2]。算了！我就聽天由命，當個二百四，悠哉遊哉地過活吧！」

虎二郎對人生似乎有了那麼一點體悟。

譯註｜2｜日本古代的迷信認為，貉與貍貓會住在同一個洞穴裡，而貍貓是會幻化為人的一種生物。

◎作者簡介

坂口安吾・さかぐち あんご

一九〇六－一九五五

日本著名小說家。本名坂口炳五，一九〇六年出生於日本新潟豪門世家。一九二六年進入東洋大學印度哲學倫理學科第二科就讀。後又進入法語學校初等科就讀，熱中於閱讀莫里哀、伏爾泰等文學大家作品。大學畢業後，和法語學校認識的朋友創刊《言葉》雜誌。二十五歲開始於日本文壇展露光芒。短篇作品〈風博士〉、〈黑谷村〉獲小說家牧野信一絕讚不已，將他一舉推上日本文壇新進作家之流。戰後發表的評論〈墮落論〉與小說〈白癡〉，構築出一種頹廢的「輸家哲學」，更在社會與文學界掀起狂潮。一九四八年唯一發表的長篇推理小說《不連續殺人事件》，獲得第二屆「偵探作家俱樂部賞」。

神經

織田作之助｜おだ さくのすけ

當時我寄宿在日本橋筋二丁目的姊姊家，每天都要到這家澡堂去報到，回家前總不忘繞到「花屋」去喝杯咖啡。「花屋」當年營業到深夜兩點多，對喜歡當夜貓子的我來說，是很方便的店家。而在它斜對面的浪花座，是專供皮耶男孩表演的歌舞劇場。

一

今年的新年期間，我一步都沒踏出家門，也沒人上門拜訪。我開著收音機聽整天的廣播，寫流浪漢小說度過三天年節[1]。我筆下一邊描寫著皮膚[2]如土蜘蛛般粗糙的流浪漢，但在現實生活中，新年期間的街頭流浪漢，還真是令人不忍卒睹。不只是流浪漢，只要一出門，舉目所及，社會上到處都是悲涼的景象。至少新年的這三天，我不想看見這一切。然而，聽著廣播裡的歌舞劇節目，讓我不禁對日本感到一股悲哀的貧瘠，比看到流浪漢、戰爭烽火下的斷垣殘壁或黑市，感受更深。

近來，廣播常播放歌舞劇節目。以觀賞為出發點所製作的歌舞劇，竟要透過廣播來讓聽眾收聽，說穿了根本就是天方夜譚，未免也太過無趣。但根據廣播電台的聽眾來函顯示，還是有些老戲迷聽歌舞劇節目聽得很開心。這或許是一種反動的表現，表示大眾渴望接觸戰爭期間被禁

譯註｜1｜日本新年的初一到初三。

譯註｜2｜早期日本傳統戲曲和民間故事當中常見的一種妖怪。

的那些事物。

然而，我聽了〈寶塚懷念金曲集〉等廣播節目之後，又回想了自己以往曾看過的歌舞劇，覺得這樣的表演被禁固然荒謬，但也不必急就章地讓它復活，或倉促地讓它在廣播節目上播出。只是要女孩子穿上短褲，扭腰擺臀，抬腳踢腿，並不特別性感。而拿這些東西來大張旗鼓地說是豪華絢爛、青春夢想，未免也太可笑。這種表演，說穿了不就是騙騙小孩，不痛不癢、寒酸粗糙的鬧劇而已嗎？戰前的日本竟驕傲地大讚這種表演豪華盛大，現在想想還真是丟臉，不禁感嘆日本原來也只是個如此寒酸窮苦的國家。既然談到了豪華，其實寶塚的歌舞劇，也不過是阪急鐵路沿線上一種小中產階級式的豪華罷了。若要找同樣貧乏的表演，還不如看看新宿的紅磨坊、淺草的歌劇館，或千日前的皮耶男孩[3]（這也是從淺草發展過來的）這些真正庶民大眾的、不高高在上的表演，感覺還來得好一點。寶塚和松竹的少女歌劇裡沒有任何一位男演員，而這畢竟也不是個值得懂事明理的

譯註｜3｜創立於1934年的歌舞劇劇團。

大男人託付一生的工作。有不少人因為喜歡歌舞劇，而從事編導等製作工作，或擔綱作曲、道具等業務，但他們在從事這些工作時，真的由衷認為這是男人畢生的職志嗎？我很懷疑。每當我聽到那些歌舞劇演員說對白時，一句句都非得要加上「噢！」這類的感嘆詞，就覺得這確實不是男人該作的工作。

說到對白，我還記得七歲那年第一次觀賞歌舞伎表演時，覺得很奇怪，為什麼歌舞伎演員都要用那麼詭異的方式說話？進入高中之後，我看了新式戲劇[4]，當時也同樣覺得奇妙，心想為什麼這些人要用吵架似的辯論口吻說話？新式戲劇的演員怎麼個個都用差異如此明顯的表情、聲音？然而，當我聽到歌舞劇演員說的對白時，又讓我覺得他們的聲音實在太過大同小異，令人生厭。

不過，發聲方式有些怪異套路可循的，並不是只有歌舞伎、新式戲劇或少女歌劇而已。聲音藝術的表現流於奇特的套路，這在任何戲劇表演

譯註｜4｜起源於明治時代末期，相對於傳統的歌舞伎等表演，新式戲劇是效法歐洲戲劇表現的表演形式。

當中都在所難免，甚至有人說要貫徹力行該項表演的表現套路，才算得上是一流表演。新派戲劇有新派戲劇的套路，義太夫[5]有義太夫套路，女劍劇[6]和電影明星的表演，也都各有其表現套路，甚至連浪花節[7]等表演，近來都發展出浪花節專門的對白表現。講談、落語、漫才[8]等，更是無需贅述。進入廣播的時代之後，表演的套路更是顯著。例如廣播播音員的說話口吻，套路十年如一日，聽得日本全國聽眾耳朵都要長繭了。而廣播劇裡的新式戲劇演員更是毫不例外，人人都哀怨地發出刻意想營造差異的聲音，結果把每齣戲都講成了悲慘故事。就連有名家之稱的德川夢聲，我再怎麼委屈寬容地聽，還是會覺得他在「亂世佳人」裡的聲音表現，就和宮本武藏一樣。在廣播劇裡飾演年輕女孩的演員也一樣，表現總是過於開朗，發出彷彿襪子上破了個洞似的聲音。這樣究竟有沒有女人味？不，用女人味這麼優美的詞來形容，實在是太抬舉它了。至於政府官員，則總是發出一種令人聯想到屏風和盆栽的聲音；出席座談會的與談人，總在猶豫

譯註｜5｜淨琉璃的一個流派，是以三味線演奏當配樂的一種説唱表演。

譯註｜6｜以女性為主角的武俠戲碼。

譯註｜7｜起源於江戶時代的一種説唱藝術，以三味線演奏當配樂。

譯註｜8｜三者都是以口語呈現的通俗藝術。

自己究竟是該對其他出席的與談人說話，還是該對麥克風說話；共產黨員則是一種空有氣勢、毫不遲疑的聲音。就連被譽為廣播演講名家的已故政治人物——永田青嵐，說話聽起來總像是在對我說「我說話很瑣碎喔！」似的，令人厭煩。有位大官曾模仿他的說話方式演講，不知是否因為話講得太瑣碎，讓他一時不察，竟脫口說出了東北腔的家鄉話。

據說小提琴天才少女辻久子在八、九歲時，聽到豆腐攤車吹小號角叫賣的聲音，就會摀著耳朵，哭著大叫「啊！耳朵好痛！耳朵好痛！」我的耳朵雖然不如辻久子敏銳，但對聲音的表現套路，或許是已經敏感到了令人生厭的地步。聽廣播的時候，只要一出現那種十年如一日、千篇一律的聲音，我總會覺得「啊！耳朵好痛！耳朵好痛！」想摀住耳朵。

在二次大戰期間，這種情況更為嚴重。每天沒日沒夜地聽著廣播的資訊佈達節目，比起那些資訊的內容，千篇一律的聲音更教我受不了。播音員每天都要播報，自然而然會發展出固定的聲音套路，這一點在所難免；

若要辯駁說這種時候已顧不得套路，似乎也言之有理。但每天重複聽著同樣的單字，同樣的音調起伏，同樣的資訊型態，實在是令人厭煩至極。記得戰爭剛結束時，廣播電台實況轉播了一場戶外音樂會，負責解說的播音員，似乎是想試圖呈現與戰時不同的說話口吻，便用輕柔嬌媚的聲音說：「我們目前所在的某某音樂廳，有隻紅蜻蜓悠然地在蔚藍地天空中飛翔。今天還真是個秋高氣爽的好天氣，最適合舉辦戶外音樂會。」聽到這些話的當下，我對社會出現這樣的轉變而感到欣慰，但一路聽下去，發現在整段節目當中，紅蜻蜓竟出場飛了三次，讓我稍感無言以對，不過當下我還是肯定了播音員所做的新嘗試。沒想到，後來我聽當天出席表演的人說，那天的天氣是灰濛濛的陰天，根本沒看到任何一隻紅蜻蜓在天空飛舞，我的欣慰之情頓時煙消雲散。原來那只不過是有心想做新嘗試的播音員黔驢技窮，於是便沿用了以往轉播棒球比賽時的播報套路呀！

要做新嘗試的確不容易。這世上難道已經沒有令人耳目一新的東西了嗎？聲音表現的藝術家們，是否無法完全跳脫十年如一日的窠臼，只會在套路裡鑽研枝微末節的優劣，就像是數著榻榻米的藺草縫似的。其實，千篇一律的套路並不只是聲音藝術的問題，美術、舞蹈、文學，這些領域也都有套路，無一例外，而要跳脫這些套路，極其困難。即便是小說這種形式自由的的藝術，也同樣有套路。詹姆斯．喬伊斯為了打破既有的套路，才會寫下大膽前衛的《尤里西斯》，但書中仍有司空見慣的內容，似乎並未跳脫小說所有約定成俗的規範。就連既是詩人，又是劇作家，還會作曲和指揮，甚至還懂設計，宛如魔術師一般的尚．考克多[9]，寫起小說來也不免寫出極為千篇一律的小說。有描寫，有對話，有說明，有結尾。看來就連尚．考克多這樣的奇才，在小說世界當中仍舊無法大破大立。

人生也是如此。人生在世，不論喜歡與否，就是必須遵循社會規範這個傳統的套路。若要說用腳走路是傳統套路，所以就改用倒立行走的話，

譯註｜9｜尚・考克多（1889-1963）是法國文壇的奇才，曾於 1936 年造訪日本。

會被這個社會當作瘋子。曾經有個無惡不作的老人對我說：「我玩過很多女人，但對象再怎麼換，女人也就是那麼一回事。」他還說「玩過就知道，每個女人的身體都是一樣的，性愛這種事，不過是十年如一日地玩著重複的老把戲。就算是變態，人類可以想像的變態行徑就是那些，變態終究還是有變態的套路。」我並沒有與眾多女性深交的經驗，但對他所感受到的平淡無趣，深有同感。

人生凡事都有千篇一律的套路。這並不代表凡事絕不可以有套路，只不過一再沿用同樣的套路，的確會讓人感到厭煩，覺得「又是這一套」。亨利．柏格森[10]曾提出令人發笑的元素之一是「重複」，而一再重複的套路，的確會成為世人嘲笑的對象，因為它確實滑稽。歌舞劇女演員說唱對白的口吻，也不是因為輕佻浮薄才差勁，我完全沒有想拿輕佻來攻擊她們的意思，所以當我在齊美爾[11]的日記當中讀到「人除非陷於無聊或輕佻這兩者的其中之一，否則就無法擺脫另一者的糾纏」這句話時，不禁大呼快

譯註｜10｜亨利・柏格森是法國哲學家（1859-1941），曾於 1927 年獲頒諾貝爾文學獎。
譯註｜11｜格奧爾格 齊美爾（1858-1918）是德國著名社會學家，著有《貨幣哲學》。

哉。我會對歌舞劇女演員的對白表現倒盡胃口，是因為我覺得那些套路很滑稽，其他應該還有許多呈現方式才對。然而，對戲迷而言，所謂的套路，或許正因為它是套路，所以才更有魅力。歌舞劇的戲迷們，迷戀的應該就是那種詭異的對白套路吧。

二

曾有個女孩因為迷戀歌舞劇女演員的套路而香消玉殞。

那是一件發生在十年前的事。某天早上，有人在千日前大阪劇場的演員休息室後門外，發現水溝蓋裡有個女孩的屍體。遺體經驗屍過後，研判已死亡四天，身上有遭人施暴的痕跡。這當然是一宗他殺案。據說屍體是兇嫌在犯案後從現場拖行至此，藏在水溝裡的。

經調查後發現，死者是一位無父無母的女孩，由伯母領養。她喜歡歌舞劇，因為太常跑去看戲而被伯母唸了幾句之後，便離家出走，住在千日前的廉價旅社裡，還天天到大阪劇場去看歌舞劇。有人表示曾目睹她和貌似不良少年的男子走在一起，警方研判該名男子可能就是凶手，於是針對千日前周邊的不良份子展開全面清查，但最後還是無功而返，全案陷入膠著。即使到了十年後的今天，兇手仍未落網，真相恐將永遠塵封在迷宮裡。

根據旅社老闆娘的說法，當時女孩身上的盤纏已快要用盡，身上也只穿一件銘仙和服，再搭配上一條嫘縈的腰帶而已。不良少年找上她，看起來不是為了竊取財物，也沒有複雜的感情糾葛。應該是她每天往歌舞劇劇場跑，被不良少年盯上，雙方拉扯到最後，女孩遭到侵犯。而兇手犯行後擔心事情曝光，才痛下毒手的吧。

「她還滿常出現我們店裡呢！嗯，我記得是那個女孩沒錯。」

當年報紙上報導這個案件時，「花屋」咖啡館的老闆曾對我說過這句話。

「花屋」位在千日前彌生座的斜對面，是一家小巧可愛的咖啡館。「花屋」的隔壁是一家名叫「浪花湯」的公共澡堂。這家澡堂裡有東京式沖背按摩，還有電療池。當時我寄宿在日本橋筋二丁目的姊姊家，每天都要到這家澡堂去報到，回家前總不忘繞到「花屋」去喝杯咖啡。「花屋」當年營業到深夜兩點多，對喜歡當夜貓子的我來說，是很方便的店家。而在它斜對面的浪花座，是專供皮耶男孩表演的歌舞劇場。每逢表演散場，就會有很多歌舞劇女演員魚貫湧入店裡。又因為大阪劇場也近在咫尺，所以松竹歌劇的女演員們也會和戲迷一起上門光顧，吃吃蛋包飯或炸豬排。千日前周邊高級日本料理的女服務生們，也會在下班回家前過來坐一下。店裡總會飄散著澡堂熱氣的味道。整體感覺和淺草一家名叫「鳩屋」的咖啡館很像，不過花屋更華美一點，氣氛和沁人心脾的千日前地區互相應和。

遇害的那個女孩，也曾因為想一睹心儀的歌舞劇女演員在台下的真實面貌，而來到這家「花屋」吧？身形嬌小矮胖，雙肩上聳，有著一張飯糰般圓臉的女孩，據說總是坐在角落的那一桌，怯生生地望著歌舞劇的女演員們，沒有勇氣上前去要簽名或攀談幾句，也客氣地避免和女演員們同坐一桌。然而，從女演員們進到店裡，到她們離去之前，女孩都不曾動過離座的念頭。

這麼喜歡歌舞劇的一個女孩，死後這四天都待在休息室後門外的水溝裡，應該是某種命中註定的緣分吧。女演員們每天都踩過水溝蓋進出，不知這裡面有一具屍體。對那個女孩而言，或許這樣算是求仁得仁吧。

然而，這件案子鬧上報紙版面之後，大阪劇場的女演員們都覺得毛骨悚然。到「花屋」來光顧的女演員，大家都在談那個女孩的八卦傳聞。女孩總是坐在一樓前面數來第三排的同一個位子，和大家多少都打過照面，因此感受格外切身。

「大家湊一點錢，去拜一拜地藏菩薩吧。」

「是呀是呀，這個提議很好，去拜一下吧，去拜一下。」

當她們在討論這件事的同時，隔壁桌那些皮耶男孩劇團的男演員們，正在聊他們從彌生座二樓休息室看得到賓館的八卦。賓館二樓的窗戶雖然掛著窗簾，但據說他們只要從休息室窗戶伸出一根長桿，用桿尖輕輕撥開窗簾，就能把賓館房間裡的情景看得一清二楚。這些男演員會趁著演出空檔來到這間休息室，偷窺賓館的二樓。而這時他們在閒聊的內容，是說有人硬是把不知情的年輕女演員帶到這間休息室的窗邊，女演員被逼著看了賓館內的光景後，竟哭了起來。

「茶妹畢竟還是個小孩子嘛！」

「是嗎？我還以為茶妹什麼男女之事都懂了呢……」

「可是她也才十七歲呀！」

「同樣是十七歲，高助那個傢伙，還會說『哎呀！今晚對面生意冷清』咧！那個爛貨，看對面的二樓簡直就是看上癮了。」

「爛貨是昨天的那個女的，她還不到二十歲咧！」

「不到二十也是會帶男人上賓館的。」

「不過話說回來，她竟然一絲不掛，還真的是個爛貨。」

「說不定是賣淫的。」

「蠢蛋！賣淫的哪會做那麼自甘墮落的下流勾當？想也知道是一般老百姓啦！」

「想也知道……喔！對了！我記得這傢伙之前曾經一絲不掛，還真是爛貨。」

聽著他們這些淫穢的談話，我突然想起了那個遭人殺害的女孩。「死在休息室後門外的水溝裡，對於喜歡歌舞劇的她而言，或許這樣算是求仁得仁吧！」實在是個荒謬的臆測。被侵犯後的她，難堪地癱躺著的當下，想必一定比遭人殺害更痛苦……

走出「花屋」之後，我把毛巾掛在肩上，在千日前的馬路上隨興地散步，接著在常盤座前的「千日堂」買了香菸。

「千日堂」雖然也賣香菸，但它其實是一家糖果店。這家店的門面莫名開闊，屋簷下掛著一個「全商品五折賣」的招牌，因此「五折店」這個名字更為人熟知。這裡夏天也賣涼糖水[12]，冬天則會煎紅豆捲糕[13]來賣，但糖果才是這家店的招牌商品。由於它從早到晚都門庭若市，因此無暇關門休息，成了千日前地區唯一一家通宵營業的商舖。

「千日堂」也在談那個慘遭殺害的女孩。

「她每天都來這裡買糖。嗯，就是那個女孩沒錯。」

嘴裡含著買來的糖果，身上裹著廉價旅社舊癟的棉被，一邊瀏覽著歌舞劇的節目單。這光景讓我覺得很悲慘。

我小時候也去買過那家「五折店」賣的糖。當時在千日前地區，尾上松之助的電影是在「千日堂」對面的常盤座上映。住在上町的我，每逢常

譯註｜12｜在麥芽糖水中加入薑泥後冰鎮而成的一種冷飲。

譯註｜13｜以類似美式鬆餅的麵餅皮，包裹紅豆內餡的一種日本甜點。

盤座電影換檔的日子，就會雀躍地走下源聖寺坂，再走過西横堀川上的末廣橋，然後穿過黑門市場，飛奔到千日前之後，先到「千日堂」花兩錢買紫蘇糖，再進常盤座看電影。只要舔著這種糖，唇齒間就會泛起紫蘇的香氣，彷彿一股遙遠的鄉愁。

我和紫蘇糖之間也有一段回憶。我考進京都的高等學校那一年，某個秋天的晚上，我第一次到宮川町的遊廓[14]過夜。那時我聽說過了十二點之後再去，就能以三圓五十錢的價格過夜，因此我就在夜幕低垂的京極和四条通到處閒逛，消磨時間，等過了十二點，才轉進南座旁的河邊暗巷裡。在黑暗的路上走了約百米，再左轉走六、七米，就來到了宮川町的巷弄。一看到那些拿著紅色手提包的娼妓，腳下木屐有氣無力地發出啪噠啪噠的聲響，一路往青樓裡走去，我就很想打道回府。但說時遲那時快，已經有人揪住了我的黑披風衣角，說：

「貫一，上來吧。」

譯註｜14｜官方准許設立聲色場所的紅燈區。

我心想是不是因為我是高等學校的學生，所以對方才用金色夜叉[15]主角的名字來稱呼我？此時，我已半推半就地被拉上樓去。

「有熟識的姑娘嗎？」

「沒有。」

「那就交給我安排囉？」

「嗯。」

我用乾枯的聲音說完後，喝了一口帶有鹹味的茶。

「那好，我幫您找個溫柔嫻靜，年輕漂亮的姑娘來，請您在房間裡稍候。」

「嗯。」

接著我被帶到了三樓，面對著加茂川的房間。房裡只有小小的三張榻榻米空間，略顯髒污，微弱的燈泡昏黃地照著室內。

「您先在這裡躺著稍等一會，姑娘馬上就來。」

譯註｜15｜尾崎紅葉的小說，主角是就讀舊制高等學校的間貫一。

滿是污垢的白墊被上有一條紅色花樣的被子，癟癟平平又略帶髒污。這一床被褥，看來宛如被汽車輾過的貓屍。

「嗯。」

我儘管口頭答應，但其實根本不想躺進那床被子裡。我走到面對河流的走廊上抽菸，一邊等著妓女到來。

從那裡可以看得到加茂川的河岸，被霧靄包圍的四條通，燈影昏黃矇矓，霎時間就成了一片充滿深夜況味的遠景。我對即將污穢墮落的自己感到悔恨，在這股悔恨與鄉愁下，我一邊溫熱著心窩，一邊迎著寒冷的河風佇立良久，京阪電車的車頭燈從我眼前疾馳而過。就在這時，我聽到有人爬上樓梯的腳步聲。

「不好意思，讓您久等了，這位是阿香。」

我聞聲回頭，看到一位臉色蒼白、身形嬌小的妓女。或許是因為匆忙爬上樓梯的關係，她喘著氣，彎著腰說：

「不好意思……」

她向我頷首致意，廉價的白妝粉散發出一股酸腐的臭味。

「哎呀，您到走廊上來了呀？外面很冷，請您快關上窗，回房裡去吧。」

老鴇又說了句「那就請您慢慢享受……」之後，便轉身下樓。接著妓女悄悄來到走廊，站在我身邊，並從袖口拿出了一顆糖，默默地放在我的掌心。

「這是什麼？喔，是糖果呀？」

「白天我在京極買的。」

「妳去京極看電影嗎？」

「不是。」

她搖著纖細的脖頸說。

「我是去買糖果。」

「去買糖果……？就只是去買了糖果而已？哈哈哈……」

氣氛瞬間變得很令人放鬆。我心裡那股對自己放浪形骸的悔恨頓時消失無蹤，稚嫩的心靈因此而溫熱起來。我把那顆糖果放入口中，嘗到了紫蘇的味道。

「哦？這是顆加了紫蘇的糖？」

「好吃吧？」

妓女靠近我的身邊，我一把把她抱了過來，將糖果送到了她的嘴裡。

……河流的潺潺水聲喚醒了我。我看了看身旁，妓女似乎還沒睡。她嘴裡含著糖，一邊瀏覽著仕女雜誌上的插圖。

「妳還真愛吃糖。」

「是呀。下次您來的時候，可以幫我帶些糖果嗎？」

「嗯，我幫妳帶。」

我嘴上雖然這麼回答，但從那天之後，我就沒再去見過那個妓女了。

當我聽說那個在大阪劇場後面遭人殺害的女孩曾到「千日堂」來買糖果時，便回想起了這個妓女。

她身形纖瘦，膚色略黑。聽說那個遭人殺害的女孩，也是個膚色偏黑的姑娘。雖說我當時花了錢，但畢竟還是侵犯了那個妓女。我欺騙了一個送我糖果、心地溫柔善良的妓女。我的這股悔恨之情，轉移到了那個被殺害的女孩身上。於是我放棄西點和巧克力，改買了平價的糖果，帶著它們來到簡陋廉價旅社，在被褥上排遣寂寞之際，我覺得自己彷彿也能感受到那個女孩曾有過的哀怨鄉愁。當下，我突然很想聽聽搖籃曲。

死後四天都躺在街頭，無人知曉。這份悲情，很有那個女孩的味道。

大阪劇場的女演員們，將在休息室後門外的空地上祭拜地藏菩薩，並為那個女孩招魂。我聽聞此事之後，還專程過去上了香。

三

戰爭揭開序幕之後，千日前也突然變得非常蕭條。

彌生座的皮耶男孩昔日曾是千日前的活招牌，但他們早已在戰爭開打前解散。後來彌生座成了二輪電影院，也曾變成上映報導片、紀錄片的電影院，還曾是長期上演三流青年歌舞伎表演的劇場。它就和千日前邊陲的那些小劇場一樣，一路蕭條凋零下去。

原本小巧可愛的「花屋」，成了略顯髒亂的雜炊粥小館。

「浪花湯」現在也多半歇業不開，電療池和東京式沖背按摩都已消失不見。

「千日堂」已不賣糖果，改賣菱角或玉米點心。他們還把開闊門面的一部分租給了路邊攤商，攤商在那裡賣起了褲子用的鬆緊帶和麻繩。而對面的常盤座，如今則成了吉本興業的漫才表演場館。

大阪劇場後面的那尊地藏菩薩，已少有線香的香菸升起。女孩在此遇害的事，已成了遙遠的過去。

冷清的千日前，現在晚上除了警防團[16]員之外，連隻小貓都不會走過。而我早在戰爭開打前，就搬到大阪南方的郊外去，與千日前已相隔甚遠。

去年三月十三日的晚上，彌生座、「花屋」、「浪花湯」、大阪劇場、「千日堂」、常盤座全都付之一炬[17]，僅剩地藏菩薩倖免。然而，倖存下來的地藏菩薩，反而讓人更覺悲情。

大火過後約十天，我去了一趟千日前，撞見「花屋」老闆正忙著從斷垣殘壁中翻找財物。他一看到我，便說：

「我家就算燒得精光，我也不會離開千日前。」

他說現在一家四口都住在防空洞裡。

「就是個長條形的地方，空間很窄，不過院子可是大得很！」

譯註｜16｜1939年成立，用來保護各地民眾在空襲或災害時的安全，兼有巡邏員警和消防隊的功能，至1947年廢除。

譯註｜17｜指的是發生在1945年3月13~14日的大阪大空襲。

「花屋」老闆說整個千日前都是他家的院子。他還是像以前一樣愛說笑。

我站在路邊和「花屋」老闆聊了一會之後，便向他道別，來到大阪劇場前。這時有人叫了我的名字，我回頭一看，才發現原來是「波屋」的阿參。「波屋」是一家書店，位在連接千日前和難波的南海通上，對面是漫才表演場館。我從中學時代就開始在「波屋」買書，和阿參是老朋友。阿參原本是「波屋」的員工，後來老闆把這家店讓給他，他便順勢成了「波屋」的老闆。阿參本名芝本參治，從學徒時代起，大家就一直用阿參這個綽號來稱呼他。這次他也成了受災戶。

我一和阿參打到照面，還沒慰問他受災的事，就先說：

「你的店燒掉了，那以後就不能跟你買雜誌了。」

阿參一聽，噘著嘴說：

「當然可以。你給我看著，我一定會再開書店，到時候可要到我家來買。我這一輩子都不會拋棄書店的。」

「你要在哪裡開？」

聽我這麼一問，阿參露出「你知道的吧？」似的表情，不加思索地回答：

「在南邊開，在南邊開。」

所謂的南邊，也就是大阪人常說「要去南邊」的那個南邊，泛指心齋橋筋、戎橋筋、道頓堀、千日前周邊的這個區域。

而這個「南邊」竟在一夜之間全都付之一炬，原本讓我陷入了「逝去之物最懷念」的若山牧水[18]式感傷，但「花屋」老闆和阿參對千日前的那份執著，使我大感振奮。恰巧當時有週刊請我以「重新振作的大阪」為題撰文，我便把他們兩位寫了進去。不過，大阪真的能從一片焦土中復興嗎？我一想到能寫進這篇「重新振作的大阪」裡的素材，就只有「花屋」老闆和阿參，心裡不禁惶恐，總覺得「重新振作的大阪」這麼誇大的題目，

譯註｜18｜若山牧水（1885-1928）畢業於早稻田大學英文系，是日本著名的短歌作家，留下了許多吟詠自然的作品。

就只不過是個口號罷了。

不過，就在一個多月之後，某天我搭南海電車到難波，沿戎橋筋往北直走，到戎橋電車站附近的右側，有一家沒被大火燒燬的門牌店，目前還兼營書店，我在店裡看到了阿參。

「哎呀，終於又開業啦？」

我說完話走進店裡，阿參便對我說：

「在南邊有賣新書的，就只有我這家店。日配[19]還幫我加油打氣，說附近現在就只有我這家書店。」

接著他還舉出了以往開在南邊的幾家大型書店名號，說它們全都倒閉了，只剩自己這裡還有眼前這番光景。他的話說得很快，聲音大得像是要嚇唬的客人似的。

然而，擺放雜亂的書籍和雜誌，數量簡直比國中生的書架還貧瘠。店裡有三分之二以上的空間，都被門牌店的樣品佔滿，就連店內正中央擺著

譯註｜19｜全名為「日本出版配給株式會社」，成立於1941年，負責日本全國的書籍總經銷，1960年解散。

的那個「波屋書房臨時辦公室」的大門牌，看起都會讓人誤以為是門牌店的樣品。

「啊，對了、對了，之前你在雜誌上寫了我的事，對吧？你未免也太殘忍了吧！」

阿參像是突然想起了什麼似的說了這句話，但模樣看來並不像在生氣。

「我還把雜誌拿給花屋的老伯看了。」

「啊？你拿給他看了？」

「花屋老闆現在在防空洞上搭了鐵皮屋，一家人就住在那裡。他說被你這麼一寫，這下子就算想離開千日前，也逃不掉啦！」

聽他這麼一說，我反而覺得和「花屋」老闆見面很尷尬，便刻意繞路，以免路過千日前，也無心去探望那尊在大火中倖存的地藏菩薩。日本的戰敗已近在眼前，「波屋」的復活，以及「花屋」的鐵皮屋生活，不知何時才能出現轉機，我低著頭，頹喪地走著。

回程的電車裡，我在晚報上讀到一則「島內復興聯盟」成立的消息，報導中用了「老浪花人[20]的毅力」作為標題，令人覺得很不舒服。我本來就不是很喜歡「老江戶人」這種說法，對「老浪花人」更是嗤之以鼻。只是從斷垣殘壁的一隅中找出東西來寫，就說是「老浪花人的毅力」，讓人不禁想對作者大吼「粉飾太平也該有點分寸！」我對於自己用過的這句「重新振作的大阪」，也覺得是撰書立說之人容易犯的誇張毛病。對自己的嫌惡之情，也因此油然而生。

四

然而，就在戰爭結束的兩天後，當先前邀我寫「重新振作的大阪」那家週刊，再度邀我寫戰後大阪的勵志故事時，我又寫了「花屋」的老闆和

譯註｜20｜「浪花」是大阪的舊稱。世居東京的人稱為「老江戶人」，此處模仿這個說法，創出「老浪花人」一詞。

阿參。當時言論尚不自由，所謂的大阪復興重建，也只是戰後兩、三天的事，根本找不到合適的素材，況且剛從漫長的戰爭惡夢中甦醒，除了寫出「總算鬆了一口氣」的心情之外，別無其他可寫。因此，我寫「花屋」一家人住的防空洞鐵皮屋裡，總算裝了明亮的電燈，璀璨地照亮了千日前的一角；還有阿參不論遭逢什麼樣的困苦，都不曾停止銷售書籍這種文化糧食給大眾。總之就是寫了一些不痛不癢、老生常談的內容，設法矇混過關。

而我對只能寫出這種內容的自己，已經感到相當厭煩。我本來不是一個喜歡真實故事或美談佳話的人。那些舉出歷史上的事實為證，想以古鑑今的態度；或是講出一個特殊的例子，就想以偏概全的文章，都讓我莫名的排斥。然而，我卻寫出了那種急就章的作品。——刻意強調「花屋」和阿參的事，硬是把大阪說得前途一片光明可期。坦白說，那只是一篇以管窺天，缺乏真實性的文章罷了。「花屋」的防空洞和「波屋」那間寄人籬下的店面，實在不是說句「前途光明」就能解釋清楚的處境，說不定它們還反倒映照出了大阪現今的悲慘樣貌。這種對悲慘視若如睹，只管編織美談佳話的心態，讓我對自己感到厭煩至極。

之後又過了四個月，昭和二十年就在流浪漢、通貨膨脹和黑市的八卦謠言中，匆匆地過去，詭異的正月接著來到。

開春前三天都足不出戶的我，在過了三天年節之後才出門，前往睽違三個月之久的大阪南邊。不知是否因為聽了歌舞劇的廣播節目，讓我回想起當年那個陳屍在大阪劇場後門外的女孩，所以我想先到「波屋」去，買一本新雜誌的創刊號。

從我的住處到難波，要搭高野線到岸之里，再轉搭南海本線。我嫌轉車麻煩，便搭到高野線的終點站——汐見橋，再搭市營電車到戎橋。

從戎橋車站到難波之間的這條路上，兩側都是黑市攤商，還蓋起了一些店名很陌生的鐵皮小吃店。曾幾何時，這一帶已成了黑市。穿過摩肩擦踵的人潮，來到門牌店前之際，我心想「哎呀！糟糕！」因為原本寄居在門牌店一角營業的「波屋」，已不在原處。我猜想會不會是因為這間比中學生的書架還寒酸的書店實在無以為生，迫使阿參轉行了呢？於是我落寞地離開，淹沒在駢肩雜沓之中。

來到戎橋筋的邊陲，我轉進了南海通。南海通裡也充斥著塗滿難看油漆的鐵皮小吃店，黑市攤商寄人籬下的小店，以及露天賭博的攤位。我一想到南海通竟變成這樣，就覺得羞愧至極，便快步地往千日前方向走。沒想到，這時有人接連喊了我兩次。我匆匆往聲音傳來的方向一瞥，才發現阿參正笑瞇瞇地在叫我，而他所在的位置，就是蓋在原先「波屋」那個地點上的鐵皮屋。原來阿參回到了老地方，重新開起了書店。鐵皮屋的屋簷下，還掛著「波屋書房芝本參治」的門牌。

「哎呀！你回來啦！」

這實在是太令人懷念了！我一走進店裡，阿參就脫下帽子，滿臉喜悅地說：

「託你的福，我總算回來了。你在文章裡寫了我兩次，我心想這下子非得努力不可。戰爭結束之後，我馬上就開始動工興建店面，終於在去年年底回到這裡來了。我可是這附近最早搬回來的呢！」

阿參嫂也在，她接著開口說：

「你在雜誌上阿參、阿參地寫了他的事，所以他去日配進貨，那裡的人也都阿參、阿參的叫他，很受大家歡迎呢！」

接著，在我開口之前，阿參嫂就拿出了《改造》和《中央公論》的復刊號給我。

「文春還需要嗎……？」

「不用，我已經有出版社給的《文藝春秋》了。」

「啊，對喔！你寫的那兩篇都是刊登在文春上的嘛！你在畫報[21]上的小說我也看了，還有你在那個新什麼雜誌上面也有作品……啊！對了對了，就是那篇叫船場什麼的。」

譯註｜21｜指的是《文化畫報 S》。

阿參嫂喜歡讀小說，只要我寫小說刊登在雜誌上，她就會和我聊起作品的事，總讓我在其他客人面前尷尬地羞紅了臉。可是，她的這個癖好，今天也同樣令人懷念不已，讓我甜蜜地陶醉在「來到波屋原址」的情緒裡。店內書籍和雜誌的數量，也遠比寄居在門牌店一角時多出許多。

走出「波屋」，正當我要轉進千日前通之際，迎面而來的男子突然一把抓住了我的手臂。我定睛一看，原來是「花屋」的老闆。

「花屋」老闆鬆開了我的手，鄭重其事地向我鞠躬，說：

「託您的福，我一路努力，終於又能再重開咖啡館了。目前店面還在施工，中旬左右就會開幕。」

接著，他又說開幕當天一定要招待我，要我務必留下地址。我寫下地址之後，他又說：

「請您務必光臨，您一定要成為我們的第一位貴賓。」

他雖然沒提到雜誌的事，但應該是想要對雜誌所帶給他的鼓勵，表示一點謝意吧。

兩篇都是我不願再回想起的文章，卻意外地成為阿參和「花屋」老闆向前邁進的動力。一想到這裡，我也語帶興奮地說：

「我一定會過去看看。」

和「花屋」老闆道別之後，我一個人走在千日前的路上，宛如走在自己的家鄉。能同時見到這兩個人，坦白說真的是出於偶然，但也正因如此，讓我覺得千日前又回到了我的身邊。

在戰火下燒燬的大阪劇場，經整修內部後，已一如往常地開始播映電影和舉辦歌舞秀表演。常盤座也已恢復昔日面貌，上演著吉本興業的各項表演，不是那棟燒得面目全非的小屋。

正當我穿過新春期間千日前的人聲鼎沸，來到常盤座前面時，又有人叫住了我。

我仔細一瞧，原來是開在常盤座對面的「千日堂」，老闆娘站在鐵皮屋裡咯咯地笑著，一邊招攬我進去。

「哎呀，你們也回來了啊？……」

我一走進去，老闆娘就說：

「很多人匆匆走過，我都沒注意到。你人高馬大，一眼就看到你了。」

「千日堂」的老闆娘說我在人潮中鶴立雞群，就只有我的頭特別高人一等。她從以前就是個很開朗愛笑的人。

「啊……你們改賣紅豆湯了呀？」

「一碗五圓，很甜喔！要不要來一碗？」

「好啊。」

「怎麼樣？好吃嗎？跟別家比起來如何？一碗五圓很值得吧？」

「很值得，好甜呀！」

但那不是砂糖的味道。我一說完，老闆娘就說：

「我們用的是甘精。一碗才賣五圓，要是用了砂糖，那可就划不來啦！

就連這麼小的一塊麻糬，也都要八十錢呢！紅豆也漲到一百二十圓了。」

京都的黑市一碗要賣十圓。

「畢竟妳店裡的東西，從以前就都是比別人便宜五折嘛。」

聽我這麼一說，老闆娘喜孜孜地說：

「我們千日堂也是有信用的，不能亂來。——你看看這間屋子，整個千日前地區裡，有屋瓦的鐵皮屋就只有我們這一棟呢！這是從去年八月開始蓋的，到年底最後一天，也就是三十一號才完工，元旦正式開店，就一直忙得天昏地暗的。」

不知道究竟是地點好，還是老字號的關係，又或者是因為它便宜，總之店裡門庭若市。

「再賣個咖啡如何？搭配蛋糕賣五圓。還有門口的門簾要不要換一下？現在那塊門簾看起來像尿布似的。」

我像金主似的說完這些話之後，便走出了「千日堂」。

「要常來喔！」

「嗯，我會再來的。」

我很期待下次再造訪千日前。和老朋友久別重逢的喜悅，讓我帶著輕快的腳步回家。

然而，四、五天之後，我攤開早報，看到大阪府衛生課發出了警告，說甘精和紫蘇糖裡都含有劇毒成分，食用後會破壞紅血球，對腦部也有不良的影響，請民眾特別留意在黑市裡銷售的那些甜食。

「千日前」會怎麼因應呢？不管是要用砂糖，還是用了砂糖之後究竟合不合成本，我最擔心的，是他們要到哪裡去找來這麼多的砂糖？「花屋」也說要讓咖啡館重新營業，他們會不會也用甘精？我連「花屋」的狀況都開始掛念了起來。

不過，當我隔天再度造訪千日前時，發現人們依舊一窩蜂地搶買甜食，絲毫不在意報紙上的報導。我又到「千日堂」吃了紅豆湯，感覺入口的後味和以往完全一樣，但大家還是不以為意地把它吃下肚。此刻，我對甘精危害人體的恐懼，幾乎已消失殆盡。

我們的神經，已經對甘精這點東西的威力一無所懼了嗎？這個社會，是否已不適合那些神經敏銳到會害怕甘精的人生存？

每次去到千日前，我都會想著要找一天去祭拜那個位在女孩出事地點的地藏菩薩，結果總是糊里糊塗地忘記。

誰人、何時、在何處，做了何事？

竹久夢二｜たけひさ ゆめじ

在正值歲末年終的特賣時節，人行道上掛滿了整排紅燈籠營造年節氣氛。舶來品店的露台上，樂隊演奏了一首進行曲，兩個中學生吹著口哨，腳打拍子，搭著肩膀，踢踢踏踏地走著。

兩個小小的中學生，倚著御茶水橋的欄杆，雙眼緊盯著河水。

「你知道這些水要流向何處嗎？」

「大海啊。」

「這我也知道，但我們不是會說這是某某河的支流或上游嗎？」

「這條是神田川，和隅田川匯流後入海。」

「話說回來，現在可是地理課的時間，德皇此刻正在得意洋洋地大聊海洋奇談呢！」

A這個學生很有心機的說出了這番話，B當然也不能置身事外。他刻意佯裝不以為意，說了聲「嗯」。其實這兩個小小的中學生，今天是蹺課出來的。正確的說法，其實是因為這所學校凡事都規定得很嚴謹，只要八點的上課時間一到，即使只晚一分鐘，校方還是會把門關上，不再讓學生進校門。A昨晚跑到銀座電影院去，所以今天早上睡過了頭。A急忙趕往學校，在路上遇見了從學校走回來的B。

「被關在外面了。」B說。

「你也遲到了呀?」找到一個同病相憐的難兄難弟，讓A重新打起了精神，一邊對B說。

「你要回家了?」

「回家事情只會更糟，得找個地方閒晃一下才行。」

「嗯。」怯懦的A也覺得除此之外別無他法，便決定聽從B的建議。

「要不要去尼古拉堂看看?」

「嗯。」

這兩個小小的中學生，便當作自己是囂張跋扈地在銀座閒逛的大學生，要是真有那份勇氣的話，還會叼香菸、聳肩膀。兩人就這麼順勢邁開步伐，啟程出發。

「什麼嘛!尼古拉堂把帽子給脫掉了呀?」

B抬頭看著尼古拉堂的鐘塔，目中無人地把手插在口袋裡說。

「真的欸，它向地震投降了。」

對於無法進學校聽課這件事情，A似乎還耿耿於懷，心情還沒完全調適到適合散步的狀態。

而在學校裡，地理老師德皇（會有這個綽號是因為他的翹鬍子造型）正在講台上點名。

「Mr.山田」

「有」

「Mr.小林」

「有」

「Mr.山川」

「Miss 虻千」

A從尼古拉堂的欄杆旁俯瞰東京市區，突然覺得好像有人在叫Mr.山川，讓他心頭一驚。

「山川，要不要散步到銀座去？」

B對他這麼說。

「嗯。」

「振作一點嘛！你不是已經對上學死心了嗎？」

「我沒在想學校的事，只不過……」

「只不過有點擔心對吧？那有什麼辦法！遲到就是遲到了呀。」

「說的也是，我們去銀座吧。」

這兩個小小的中學生邁開了步伐。空氣裡彷彿飄著某種這個季節常有的，暖洋洋、柔軟溫熱的東西，讓人不禁以為春天是否已經來到。天氣好極了。

來到須田町，就可以看到各種各樣的人們，行色匆匆地走在街頭。卡車和公車等車輛「叭、叭」地按著喇叭，穿梭在人潮中的景象，讓A和B都充滿了活力。兩人精神抖擻，彷彿可以感覺到一股衝動，驅使他們像跳木馬般，跳過前方踩著小碎步的女人頭上那宛如麻花麵包的盤髮造型。兩人莫名地覺得自己像來到了廟會，就連個性怯懦的A，都顯得很開心。

現在正值歲末年終的特賣時節，人行道上掛滿了整排紅燈籠營造年節氣氛。舶來品店的露台上，樂隊演奏了一首進行曲，兩個中學生吹著口哨，腳打拍子，搭著肩膀，踢踢踏踏地走著。

不見煙飄　不見雲
風不吹　浪不起
黃海　宛若明鏡

沒錯，這兩個學生就像張滿了風帆的船，在肺裡裝進了滿滿的空氣，起程出航。

風不吹　浪不起

噠　噠　噠

對小小的中學生而言，所謂的航海，並不是沿著大馬路直線前進，選擇沒人知道的航路，一定會更有趣。於是，他們兩個人就真的照做了。

「這一堆番薯山厲害吧！」他們來到了果菜市場，白色的蘿蔔、蕪菁、紅皮蕃薯，都堆得像座小山一樣。

「哦，這種地方也會有蕃薯啊。」這是個新發現。

「同學，這裡可是神田的鍛治町吔！你沒聽過嗎？

神田鍛治町

轉角那家乾貨店賣的勝栗

硬得咬不動

勝栗呀！神田的[1]……」

「喔、喔、喔！應該就是那種乾貨店了吧！」

對他們兩個人而言，眼前看到的一切都很新奇有趣。為什麼會這樣呢？蹺課並不是件好事，但究竟為什麼不是好事，他們也無法說出一個明確的答案。然而，這場航海的旅程，看起來實在是太美妙、太有趣了。這裡一定有著什麼截然不同的新鮮誘惑，比廟會或星期日更棒。

在學校沒放假的日子裡，像這樣走在街上，是一種前所未有的經驗，而這種類似冒險的感覺，令人雀躍。他們就像被解開鎖鏈的小狗似的，越走越快，無法緩步慢行。不過，要是屋子的外推窗台上有紅梅花雀，或是圍籬邊開了向日葵，他們一定會停下腳步，很好奇地看一看，只要是能動手摸的，一定會身手摸摸看。

不知不覺間，兩人已經走過了日本橋。接著他們又像野狗似的，把鼻子湊到這裡聞聞，把耳朵豎直朝那裡聽聽。不知道怎麼走的，兩人竟來到

譯註｜1｜江戶時期出現的一則繞口令。

了一條大河邊。

「這是隅田川吧?」

「嗯。」

走到這裡,兩人都有點累了,肚子又餓,連多說句話都嫌麻煩。他們不發一語,走到河邊的石頭上坐了下來。

小型蒸氣船緩緩地南來北往,模樣宛如只把頭露在水面上泳渡河流的小狗。

「肚子還真有點餓了呢。」

「你帶了便當嗎?」

「沒帶,你帶了嗎?」

「我有麵包。」

兩人輪流撕著那塊麵包吃完之後,便開始想找點東西喝了。

眼前有大量的水流過,但這些都是泛黃的泥水。道路的彼端有家咖啡館，窗上掛著紅窗簾。兩人這時才想到：只要身上有錢，就能在那裡的椅子上坐下來，喝杯汽水或熱可可。

「你身上有錢嗎？」

「嗯，我有二十五錢[2]。」

「我有五錢。」

「這樣夠我們一人喝一杯茶了。」

兩人都沒有笑。

「總覺得進去好像有點尷尬。」

「嗯，算了吧。」

兩人悄悄地走到咖啡館前面，正巧這時從咖啡館裡傳出了女人的笑聲。兩個小小的中學生嚇了一跳，便毫不遲疑地逃走了。

兩人總覺得好像「不知道敵人究竟會追到哪裡」，轉進三條小巷，來到鐘錶店的櫥窗前，才放心地停下腳步。他們心想應該是沒問題了。

譯註｜2｜當時在東京的咖啡館裡，一杯咖啡的售價約 10 錢。

滴答滴答　滴答滴答

喀啦喀啦　喀啦喀啦

各式各樣的時鐘在轉動，發出各種不同的聲響。有個時鐘指著八點十五分，還有個時鐘指著兩點四十分。

「現在到底是幾點呀？」

「鐘錶店的時鐘應該都不準吧。」

鐘錶店隔壁的理髮店，時鐘指針已經來到十二點過八分；再隔壁的水果店，則是差五分十二點。不論究竟何者正確，若是在學校，現在應該已經是大家吃完午餐，在操場上傳接球的時間了。

他們一點都不覺得自己幸福。兩人的心情，就好像背著某個沉重的背包，背包裡塞滿了自己也搞不清楚的憂心。

學校是三點放學。他們開始覺得，要這樣繼續在街頭遊蕩到三點，實在是很辛苦，簡直就像在受罰似的。

「回學校看看吧？」

「嗯。」

兩人沿著原路往回走，往學校方向前進。好不容易回到學校時，看樣子已經過了三點，附近已經找不到任何一個他們認識的同學。

兩人戰戰兢兢地來到校門前，大門已經緊閉，只有老師和工友出入走的那個側邊小門，還開著一個小縫。

接著，他們聽到一陣踩在砂石上行走的腳步聲，從門的彼端傳來。

「有人來了！」

「是老師！」

學校旁邊是一片曠野，只有圍籬長著幾棵枝葉茂盛的相思樹。兩人跳進樹叢裡，像死人般屏氣凝神，只敢轉動眼睛。

「是那個、那個誰啦！」

「是山本老師！」

走過來的是體育老師。平時總覺得很兇的這位山本老師，今天看起來卻倍感懷念，讓他們淚流滿面。

就這樣，A和B都學到了教訓，知道這種不被原諒的冒險，其實並沒有想像中的那麼愉快。不過，他們很快就忘了這次的經驗……

甚至在不久之後，A回想起當時的過程時，還覺得不好意思而稍微羞紅了臉。會有這樣的反應，是因為他沒把「那件事」告訴任何人，也就是一直保守著這個秘密。

「那件事」是這樣的：過了歲末，到了隔年的正月，有一天晚上，親戚朋友家的小孩全都聚集在A家，玩了一整晚的歌牌和撲克牌。後來大家又玩了一個「人、事、時、地」的遊戲，也就是要唸出「某人什麼時候在哪裡做了什麼」。若要再更仔細說明規則，就是每人先發四張紙條，第一張紙條上要寫上自己的名字，第二張則是寫時間，例如昨天、小時候等；接著第三張紙條要寫上地點，這個部分也是任憑想像，各自寫下天馬行空的地點；最後一張紙條上則是要寫做了什麼。然後把寫有名字的紙條，交給預設要拿走自己第一張紙條的人；第二張紙條交給負責拿走第二張的人，就這樣依序交換紙條，過程中不能被別人看見紙上所寫的內容。等到大家手上的紙條都湊齊之後，再把第一到第二、第三張紙條串成一個故事唸出來。如此一來，自己寫的「時間」就會和某人寫的「地點」連在一起，或是別人寫的「做了什麼事」連結自己的名字，形成許多意想不到的絕妙好文或趣文。

然而，不知道為什麼，中學生 A 的名字底下，竟然很神奇地出現了這樣的句子。

「阿勝，去年年底，在尼古拉堂的鐘塔頂端，擺出快要哭出來的表情。」大家都稱 A 為阿勝。

A 的姊姊說了句「阿勝好可憐喔」。眾人對著 A 大笑，十一歲的表妹接著問：

「阿勝，這是真的嗎？」

問話的人當然是在說笑，但當事人阿勝卻覺得好像是自己以前做的壞事敗露，大感震驚。

「假的啦！」

阿勝強打精神，回了這句話。但他還是有點擔心，便偷偷瞧了瞧母親的表情。他的母親帶著沒有絲毫情緒的表情，靜靜地笑了。阿勝這才如釋重負，覺得自己總算得救了。

◎作者簡介

竹久夢二・たけひさ ゆめじ

一八八四－一九四三

生於岡山縣，本名竹久茂次郎，是極負盛名的畫家及詩人。一九〇二年進入早稻田實業學校後，開始向《讀賣新聞》等報刊投稿素描及插畫。一九〇九年出版第一本作品集《夢二畫集——春之卷》轟動熱賣，並於一九一二年舉辦了「第一回夢二作品展覽會」。隨後竹久夢二陸續為報刊雜誌繪製插畫及封面，亦有豐富的水彩、油畫、版畫、日本畫等作品，在日本全國舉辦過多次個人畫展。

竹久夢二的繪畫作品以唯美的美人畫著稱，堪稱是「大正浪漫」這個時代精神的體現，甚至有人還曾稱他為「大正時期的浮世繪師」。他的美人畫自成一派，有「夢二式美人畫」的封號。

竹久夢二晚年曾旅居美國、歐洲各約一年，回國短暫停留後，又來到台灣演講，並舉辦「竹久夢二畫伯滯歐作品展覽會」。返日後即因肺結核而臥病不起，隔年過世，留下設立「榛名山美術研究所」這個未完的夢想。代表作品有〈黑船屋〉、〈五月之朝〉、〈青山河〉等。

白色大門的屋子

小川未明｜おがわ みめい

「其實我也是出來散散步，想順便過來喝杯咖啡，無奈店家已經關門了。」

「店家八成是看這個鎮上沒什麼客人，就早早打烊睡覺了。春天晚上要是能再多開晚一點就好了。」那名男子說道。

「現在已經那麼晚了嗎？」

「還不到十二點呢。」

事情發生在一個寧靜的春夜。

有個男人已經工作了好一段時間，感到相當疲憊，於是興起了想找一家咖啡館、喝杯咖啡的念頭。

男人走出了家門。在溫暖而朦朧的月夜裡，街道上的一切都顯得如夢似幻。遠處的高塔、山丘、天空和森林，都變得模糊，在夜色裡隱隱約約、黑黑地浮現，佇立在原地。

他到了鎮上，才發現原來夜已經這麼深了。剛才男人都一直在屋裡專心工作，沒察覺到時間的流逝。鎮上的街頭已是人煙稀少，此外，他也還沒找到現在還在營業的店家。

「那一家也已經打烊了嗎？」

他想起自己熟識的一家咖啡館，心想這時候不會已經關門了吧。男人信步朝那家店走去，邊走邊仰望天空，一邊讚嘆這片夜景真是美好。

鎮上那家他原本想去的咖啡館，早已關上了門。他專程來到了店門前，卻大失所望。

無計可施之下，他打算沿著剛才來時的那條路再走回去。這時，他突然聽見背後傳來了腳步聲。有人正在朝著他走來。

「晚安，您辛苦了。」有人從身後叫住了他。男人停下腳步，回頭看看究竟是誰叫他。他並不認識這個從後方走近他身邊的人。

「晚安。」男人也順勢回答。

接著，對方那名男子很熟絡似地靠近他身邊。

「我是住在這個鎮上的人，因為覺得很累，所以想來喝杯咖啡，沒想到它已經關門了。您看起來好像也是打算來喝咖啡的吧？介紹您一家不錯的咖啡館吧？」男子說。

聽陌生人這樣一說，讓他有點猶豫。不過，反正是在這個鎮上，而且這個人看起來人很好。還有一個關鍵，那就是這個人和他一樣，都是因為工作累了，想找個地方休息，才會來到這裡。這件事讓他感到莫名的親切。

於是他便開口說：
「其實我也是出來散散步，想順便過來喝杯咖啡，無奈店家已經關門了。」
「店家八成是看這個鎮上沒什麼客人，就早早打烊睡覺了。春天晚上要是能再多開晚一點就好了。」那名男子說道。
「現在已經那麼晚了嗎？」
「還不到十二點呢。」
聽到那名男子說十二點，他覺得人家這種時間就寢，其實也很正常，心想乾脆自己也回家睡覺算了。
「你要回家了？我想介紹給您的咖啡館，就在這後面的巷子裡而已喔！它最近才剛新開幕，是一家還滿舒適的店，您不妨還是知道一下吧！」那名男子這麼說。
既然對方都已經這麼說了，他覺得不跟著過去看看，好像對那名男子不太好意思。

「那我就跟您一起過去看看吧。」他說道。

兩人並肩同行，一邊閒聊，一邊轉進了某條巷子。他以往也來過這附近好幾次，但今晚不知道為什麼，這個鎮上看起來特別美麗。他心想月光怎能把一切都映照得這麼漂亮？接著，兩人總算來到了一家燈火通明的店門前。

「就是這一家。」帶他一起過來的那名男子說道。

店門口垂掛著清爽的綠色窗簾。進到店裡，一種香氣濃郁的花插滿了整個花瓶，不知道那是什麼花。遠處的桌邊，有三、四位客人坐著聊天。不僅如此，店裡某處還流洩出低沉的曼陀林琴聲。

他和那名男子在一張桌前，面對面坐了下來。這時，他才總算在燈下看清了那名男子的臉龐。那名男子的長相，像極了他小時候就沒再見過面的表哥，令他大感驚訝！表哥早已在南洋島嶼喪生，現在當然不可能活著，但他還是油然生起了一股莫名的孺慕之情。

「坐在那裡的那幾位，都是常到這裡來光顧的常客。」那名男子說道。

他看看那些人，不禁大吃一驚。——那裡的每張臉，都是他以往曾經在某處見過的。可是，究竟是在哪裡見過，什麼時候見的，他都想不起來。

「今晚還真是個奇妙的夜晚。那些人的臉，我都覺得似曾相識。這究竟是怎麼回事呢……」他甚至懷疑起了自己的眼睛。

就在他還不明究理的同時，那名男子已經和那些人四目相對，打了一聲招呼。接著，男子說了聲「失陪一下」，便起身往那邊走去。

他從剛才就一直側耳聽著店內深處傳來的曼陀林演奏，覺得這琴聲真是好聽。聽著聽著，讓他想起了很久之前的往事，不禁悲從中來。他心想到底是誰在彈著曼陀林？不久，曼陀林的琴聲竟戛然而止。

此時，一位年輕貌美的女士現身，帶著微笑朝他走了過來。

「您不記得了我了嗎？」女士說完，便走到他面前坐下。

「以前您走路到學校上學的時候，會經過我的窗前，而我總是在屋裡彈著曼陀林。有一天，天空下起了雨，您很不知該如何是好，我就借了您一把傘。後來，您帶了一本很漂亮的書來送給我。那本書裡有很多漂亮的畫，還有很多早期的傳說、詩歌、童謠和故事等，內容很豐富。但那本書上寫的都是外國文字，我都看不懂，就只看了那些漂亮的畫。我問您書裡寫了些什麼內容，您說那是本很古老的書，書上有些字是字典上查不到的，所以很難翻譯。書裡有一幅畫，畫中有一座水車在森林裡轉動著，附近開著白色的花，還有紅色的鳥飛過。這些畫裡的景物，至今都還留在我的腦海裡。」女士說。

他聽著這番話，回想起了將近十年前的那一天。今晚究竟為什麼能再見到昔日那個已經遺忘的人呢？他感到非常不可思議。

他說：「我都忘得一乾二淨了。的確是有過這件事，現在我已經想起那時的情景了。」懷念起了昔日的種種。

「我有時候會到這裡來。今天時間已晚，我要先回去了。剛好車子也來了，那我就先告辭，希望能再見到您。」女士說完之後，便走出了咖啡館。

時間一到十二點半，大家紛紛準備打道回府。他則是和那名男子一起走出了咖啡館。

「是不是一家滿舒適的咖啡館呀？您還滿意吧？」那名男子開口問他。

「氣氛幽靜沉穩，是個好地方。今晚很難得，我見到了曾經有過幾面之緣的人，不禁回想起了很多事。」他這麼回答。

兩人邊走邊聊著朦朧月夜世界裡的話題，就這麼來到了一個十字路口。那名男子開口說：

「從這裡數過去的第三棟房子就是我家，歡迎您來坐坐。」

他剛好也要經過那裡，便目送那名男子的背影走進去。他發現那裡有一道白色大門，男子走進大門，一路往裡面走去。

後來他回到家裡，倒頭大睡。

又過了幾天之後，有一天晚上，他想起了那名男子帶他去過的那家咖啡館，便起心動念，想再去那家垂掛著綠色窗簾的咖啡館一趟。於是，他就一個人出門了。他記得自己走的路和那天應該是一樣的，但不知道為什麼，就是找不到那家咖啡館。他為了找到那家掛著綠色窗簾的咖啡館，在鎮上徘徊了不知多少次。

「那個男人的家呢？」他接著開始找起了那棟有白色大門的房子，可是也同樣遍尋不著。他站在十字路口，試著數到第三棟房子，但就是沒有白色大門的建築。

於是他開口問了附近的居民。

「這附近沒有白色大門的房子。」居民們都這樣回答。

後來，他把這件事告訴家人和朋友，大家都笑他，說沒聽過這種事，還說他「是不是作夢夢到的啊？」

◎作者簡介

小川未明・おがわ みめい

一八八二－一九六一

生於新潟縣，本名小川建作。早期曾創作小說，中後期創作則以兒童文學為主軸，有「日本安徒生」、「日本兒童文學之父」等美譽，為日本兒童文學家協會首任會長。

小川未明在就讀早稻田大學英文系時，開始嘗試小說創作。「未明」這個筆名，也是由大學時代的恩師坪內逍遙所命名。

一九二六年，他在東京日日新報上發表了一篇〈餘生獻給童話作家〉之後，便不再撰寫小說，全心投入童話創作，總計寫下了將近一千兩百篇的童話作品。

他的童話作品不諱言生死和草木凋零、城鎮蕭條等題材，在戰後曾一度飽受抨擊。到了近代，兒童文學開始探討生命議題，成人也適合閱讀的童話大量問世，讓小川未明的童話重獲肯定，代表作有《紅色蠟燭與人魚》、〈野玫瑰〉等。

小感日常04

和日本文豪一起喝咖啡

癮咖啡、閒喫茶、嘗菓子，還有聊些往事……

作　　者　寺田寅彥、萩原朔太郎、古川綠波、木下杢太郎、吉井勇、三好達治、織田作之助、九鬼周造、高村光太郎、岡本加乃子、蘭郁二郎、坂口安吾、竹久夢二、小川未明
譯　　者　張嘉芬
策　　畫　好室書品
特約編輯　陳靜惠
校對協力　徐詩淵
單元協力　張嘉芬、盧琳（「作者簡介」專欄）
封面設計　白日設計
內頁排版　洪志杰

發 行 人　程顯灝
總 編 輯　呂增娣
主　　編　翁瑞祐、徐詩淵
資深編輯　鄭婷尹
編　　輯　吳嘉芬、林憶欣
美術主編　劉錦堂
美術編輯　曹文甄、黃珮瑜
行銷總監　呂增慧
資深行銷　謝儀方、吳孟蓉
發 行 部　侯莉莉
財 務 部　許麗娟、陳美齡
印　　務　許丁財
出 版 者　四塊玉文創有限公司

總 代 理　三友圖書有限公司
地　　址　一〇六台北市安和路二段二一三號四樓
電　　話　(02) 2377-4155
傳　　真　(02) 2377-4355
電子郵件　service@sanyau.com.tw
郵政劃撥　05844889 三友圖書有限公司

總 經 銷　大和書報圖書股份有限公司
地　　址　新北市新莊區五工五路二號
電　　話　(02) 8990-2588
傳　　真　(02) 2299-7900

製版印刷　皇城廣告印刷事業股份有限公司

初　　版　二〇一八年六月
定　　價　新台幣三〇〇元
ISBN　978-957-8587-28-1（平裝）

國家圖書館出版品預行編目 (CIP) 資料

和日本文豪一起喝咖啡：癮咖啡、閒喫茶、嘗菓子，還有聊些往事…… / 寺田寅彥、萩原朔太郎等著；張嘉芬譯 .-- 初版 .-- 台北市：四塊玉文創，2018.06
面；　公分 .--
978-957-8587-28-1(平裝)

861.3　　107008175

廣 告 回 函
台北郵局登記證
台北廣字第2780號

地址：　　縣/市　　鄉/鎮/市/區　　路/街

段　　巷　　弄　　號　　樓

SANYAU

三友圖書有限公司 收

SANYAU PUBLISHING CO., LTD.

106　台北市安和路2段213號4樓

SANYAU
三友圖書
讀書俱樂部

「填妥本回函，寄回本社」，即可免費獲得好好刊。

粉絲招募歡迎加入
臉書／痞客邦搜尋
「三友圖書-微胖男女編輯社」
加入將優先得到出版社
提供的相關優惠、
新書活動等好康訊息。

四塊玉文創×橘子文化×食為天文創×旗林文化
http://www.ju-zi.com.tw
https://www.facebook.com/comehomelife

【黏貼處】對折後寄回，謝謝。

親愛的讀者：

感謝您購買《和日本文豪一起喝咖啡：癮咖啡、閒喫茶、嘗菓子，還有聊些往事…… 》一書，為感謝您對本書的支持與愛護，只要填妥本回函，並寄回本社，即可成為三友圖書會員，將定期提供新書資訊及各種優惠給您。

姓名＿＿＿＿＿＿＿＿＿＿ 出生年月日＿＿＿＿＿＿＿＿＿＿

電話＿＿＿＿＿＿＿＿＿＿ E-mail ＿＿＿＿＿＿＿＿＿＿

通訊地址＿＿＿＿＿＿＿＿＿＿＿＿＿＿＿＿＿＿＿＿

臉書帳號 ＿＿＿＿＿＿＿＿＿＿ 部落格名稱＿＿＿＿＿＿＿＿＿＿

1 年齡
☐ 18 歲以下 ☐ 19 歲～ 25 歲 ☐ 26 歲～ 35 歲 ☐ 36 歲～ 45 歲 ☐ 46 歲～ 55 歲
☐ 56 歲～ 65 歲☐ 66 歲～ 75 歲 ☐ 76 歲～ 85 歲 ☐ 86 歲以上

2 職業
☐軍公教 ☐工 ☐商 ☐自由業 ☐服務業 ☐農林漁牧業 ☐家管 ☐學生
☐其他 ＿＿＿＿＿＿＿＿

3 您從何處購得本書？
☐網路書店 ☐博客來 ☐金石堂 ☐讀冊 ☐誠品 ☐其他 ＿＿＿＿＿＿＿＿
☐實體書店 ＿＿＿＿＿＿＿＿

4 您從何處得知本書？
☐網路書店 ☐博客來 ☐金石堂 ☐讀冊 ☐誠品 ☐其他 ＿＿＿＿＿＿＿＿
☐實體書店 ＿＿＿＿＿＿＿＿ ☐ FB(三友圖書 - 微胖男女編輯社)
☐好好刊(雙月刊) ☐朋友推薦 ☐廣播媒體 ＿＿＿＿＿＿＿＿

5 您購買本書的因素有哪些？（可複選）
☐作者 ☐內容 ☐圖片 ☐版面編排 ☐其他 ＿＿＿＿＿＿＿＿

6 您覺得本書的封面設計如何？
☐非常滿意 ☐滿意 ☐普通 ☐很差 ☐其他 ＿＿＿＿＿＿＿＿

7 非常感謝您購買此書，您還對哪些主題有興趣？（可複選）
☐中西食譜 ☐點心烘焙 ☐飲品類 ☐旅遊 ☐養生保健 ☐瘦身美妝 ☐手作 ☐寵物
☐商業理財 ☐心靈療癒 ☐小説 ☐其他 ＿＿＿＿＿＿＿＿＿＿＿＿＿＿＿＿

8 您每個月的購書預算為多少金額？
☐ 1,000 元以下 ☐ 1,001 ～ 2,000 元 ☐ 2,001 ～ 3,000 元 ☐ 3,001 ～ 4,000 元
☐ 4,001 ～ 5,000 元 ☐ 5,001 元以上

9 若出版的書籍搭配贈品活動，您比較喜歡哪一類型的贈品？(可選 2 種)
☐食品調味類 ☐鍋具類 ☐家電用品類 ☐書籍類 ☐生活用品類 ☐ DIY 手作類
☐交通票券類 ☐展演活動票券類 ☐其他 ＿＿＿＿＿＿＿＿

10 您認為本書尚需改進之處？以及對我們的意見？
＿＿＿＿＿＿＿＿＿＿＿＿＿＿＿＿＿＿＿＿＿＿＿＿＿＿＿＿＿＿＿＿

感謝您的填寫，

您寶貴的建議是我們進步的動力！

【黏貼處】對折後寄回，謝謝。